Nouvelles d'ici
et
d'ailleurs

Volume 3

Anthony Gavard

Nouvelles d'ici
et
d'ailleurs 3

Edition999.info

Les volumes de la collection « Nouvelles d'ici et d'ailleurs »
sont placés bénévolement
sous la direction
de Jean-Michel Pailherey

Recueils déjà parus

Nouvelles d'ici et d'ailleurs 1 de Jean-Michel Pailherey
(Janvier 2009)

Nouvelles d'ici et d'ailleurs 2 de Frédéric La Cancellera
(Avril 2009)

A paraître :

Nouvelles d'ici et d'ailleurs 4 de Fabien Duquenoy
(Octobre 2009)

© 2008, edition999.info Jean-Michel Pailherey
ISBN-13 : 9782810604340
Fabrication : Books on Demand GmbH, Norderstedt, Allemagne /
Editeur : Books on Demand GmbH, Paris, France

Table des matières

Préface du livre par l'auteur 9

Préface du livre par l'auteur (Bis) 11

Frayeur 13

Elséa 19

Brouillard 27

Karine 61

La dernière Tempête 71

Remerciements et dédicaces 83

Préface du livre par l'auteur

Il est toujours difficile d'écrire une préface. Il est toujours très difficile d'écrire sur soi-même. Alors imaginez à quoi se heurte l'écrivain devant écrire la préface de son propre livre ! Le problème étant que ce que vous imaginez très bien, moi je suis en train de le vivre… ou en tout cas, *j'étais* en train de le vivre, puisque le fait indéniable que vous soyez en train de lire ces lignes prouve que j'ai fini par m'en sortir, et ce en faisant preuve d'une mise en abîme et d'un à-propos qui laisse pantois. Car le plus laborieux est de démarrer les premières lignes et de savoir ce que l'on va bien pouvoir raconter, mais une fois qu'on a commencé à tirer sur le fil, ou qu'on se soit lancé du haut de la colline, il n'y a plus qu'à glisser jusqu'en bas - en n'oubliant pas de freiner avant le platane ou la mare aux canards.

Or donc, comme on disait en ce temps-là, maintenant que je suis lancé, le plus dur sera effectivement de m'arrêter, et surtout de ne pas bifurquer dans des digressions n'ayant ni queues ni têtes qui nous éloignent du sujet principal, comme celle que vous êtes en train de lire en ce moment… Je reviens donc à ma préface, en constatant avec plaisir que j'en ai déjà rempli une page, avant même de l'avoir réellement commencée ! Ha !

Donc :

Préface du livre par l'auteur

Il est toujours difficile d'écrire une préface. Il est toujours très difficile d'écrire sur soi-même. Et c'est pourtant ce que je vais faire. D'aussi loin que je me souvienne, j'ai toujours aimé les histoires, et j'ai toujours aimé en raconter, utilisant pour cela tous les moyens mis à ma disposition : tout jeunot, je faisais de petites bandes-dessinées, puis je me suis mis à l'écriture, et enfin, lorsque j'ai pu chaparder le caméscope de mon père (un vieux Panasonic qui était exactement le même que celui qu'utilise Marty dans le premier Retour vers le futur – et si vous ne connaissez pas Retour vers le futur, je ne peux rien faire de plus pour vous…) je me suis mis à faire des courts-métrages avec les copains et le concours des fameuses productions Sanzunrond, grand pourvoyeur de courts-métrages à travers le monde.

Plus tard – bien plus tard, l'occasion s'est enfin offerte de pouvoir partager ces histoires, grâce à la scène dans un premier temps, étant devenu comédien, et enfin grâce au livre que vous tenez entre les mains, fruit d'un projet de longue haleine, et des compétences de nombreuses personnes (dont nous reparlerons dans les remerciements…).

La question qui revient souvent est : d'où viennent les idées ? Et la réponse invariable est qu'on est bien en peine de l'expliquer. Ça peut-être un mot, une chose qu'on a vue, un simple « et si » qu'on explore, un oiseau qui s'envole ou les branches d'un sycomore. L'étreinte d'un couple, le murmure d'une ombre, un rire un peu fou, un éclat dur scintillant dans la pénombre d'une rue. En ce qui concerne les nouvelles qui font partie de ce recueil, je me rappelle très précisément la personne, le mot, l'instant qui a été leur point de départ, mais ne comptez pas sur moi pour vous en faire part, car cela n'a finalement que peu d'intérêt. Par contre, je puis tenter de vous expliquez le processus : tenez, j'ose et vais concourir pour « la métaphore de l'année » ! Ce mot, cet événement, est un peu comme le spermatozoïde qui va venir féconder l'ovule de mon imagination – je vous avais prévenu, c'est osé… Puis, l'histoire va grandir, des choses vont s'assembler, formant une esquisse de ce qu'elle va devenir. Quand elle est prête, quand elle ressent le besoin de sortir (en m'empêchant de dormir), il est grand temps d'accoucher, et de la coucher sur le papier. Et là, si tout se passe bien, c'est toujours un peu magique. L'histoire grandit, développe des ramifications que vous ne soupçonniez même pas et finit par vivre sa propre vie. Puis, un jour, cette ingrate pour qui vous avez souffert tous les mots, quitte la maison pour aller se faire lire par des gens que vous ne connaissez même pas – mais dont vous espérez qu'ils l'aimeront autant que vous. Voilà comment ça se passe pour moi. Dans le meilleur des cas. Sinon, ça se termine au pire en boulette dans la corbeille, au mieux en fichier estampillé « à terminer un jour ». Et là, la métaphore, impuissante, baisse les bras. Et des histoires qui semblaient une bonne idée mais ne mènent nulle part, il y en a ! Des idées avortées, des débuts tronqués, une liste de personnages, quelques paragraphes en vrac… Beaucoup de déchets, au milieu desquels, par un hasard magique, il y a quelques histoires qui surgissent, et que je relis sans trop rougir. Ce sont elles que je vous livre. Prenez-en soin, je vous en prie, elles ne vous veulent pas de mal. Juste peut-être vous faire peur, vous faire frémir, et aussi vous faire sourire.

Anthony Gavard
Mallièvre
17 juin 2009

Frayeur

Le roi Stephen est dans sa Tour Sombre. Toutes les nuits je l'entends rugir, je l'entends qui gronde. Un son guttural, un grondement sourd et bas bouillant de rage qui roule jusqu'à moi. Je le sens, je sais qu'il me cherche, je sais qu'il me veut. Ses pensées sont tournées vers moi, elles se pressent de toutes parts, goûtant ma peur et dévorant mon âme. Son ombre s'étend sur mon lit, et moi je ne peux rien faire, je ne peux que frémir. Car personne ne viendra me sauver ce soir. Ce soir, pas de maman, pas de papa pour moi. Ce soir c'est seulement moi, moi contre le roi.

Je me redresse sur mon lit et regarde alentour. Par la fenêtre je peux voir mon jardin secret. Là, au pied d'un hêtre, dans un petit cimetière, se trouve Mister Jingles, ma souris, enterrée en compagnie de quelques poissons de l'aquarium de ma sœur, ainsi qu'un hérisson coutumier du jardin - écrasé par papa un soir où il était rentré tard. La pleine lune brille comme l'œil d'un chat attendant sa proie et sa lumière diaphane fait vivre les ombres autour de moi, soulignant la part des ténèbres. Elle façonne le moindre objet en démon hideux, en abomination, en monstre belliqueux semant la désolation. Elle peuple le moindre recoin de croque-mitaines, de tommyknockers, donnant corps à mes peurs, à mes rêves et cauchemars. Pendu au-dessus de ma tête, mon dreamcatcher, mon attrape-rêve, semble impuissant à en retenir autant, pathétique, il pend et s'agite doucement, dessinant sur le mur une immense toile d'araignée mouvante.

Face à moi, accolée au mur, se tient une grande étagère remplie de bazar, de choses essentielles pour moi : un vieux singe en peluche au ressort cassé, brandissant ses cymbales dans un geste désespéré, une photo légèrement brûlée de ma petite sœur

Charlène, qui se fâche toute rouge quand je l'appelle Charlie, une paire de tennis *Running man* usées et tombant en miettes, que je garde précieusement car c'est avec elles que j'ai gagné la Longue Marche de la fête de mon école, ainsi que l'admiration de Jessie et mon premier vrai baiser. A coté, ma poupée de clown dont le sourire devient macabre lorsque tombe le soir, chapeautée par une araignée dont elle sert de perchoir. Puis vient ma collection de livres : deux ou trois Dean Koontz, quelques Douglas Adams, l'intégral de Paul Sheldon, une kyrielle de Terry Pratchett, Tolkien côtoyant Asimov, et pour clore le tout un bon gros dictionnaire. Il y a également une autre étagère remplie de livres de Celui-Dont-Je-Ne-Dois-Pas-Dire-Le-Nom. Maman ne les aime pas, et elle dit que c'est à cause d'eux que je ne peux pas dormir. Mais au contraire, ils me rassurent. Je sais que les monstres qu'ils renferment ne sont que de la littérature. Pas comme les grattements que j'entends derrière le mur. A l'étage du dessous s'alignent mes voitures de collection, une Buick 8 Roadmaster, une Plymouth Fury 58, et l'Aston Martin DB7, la voiture de James Bond. Encore à cet étage, une balle de base-ball dédicacée par Tom Gordon est encerclée par mes petits soldats. Et enfin, étendue là, la poupée de ma sœur, couverte de peinture rouge parce qu'on avait voulu rejouer la scène d'un film d'horreur qu'on avait vu à la télé. Tous ces objets me font du bien, ils me rassurent, me prouvent que j'existe. Que je ne suis pas un délire du roi Stephen, un mauvais rêve de plus hantant les couloirs de sa Tour Sombre. Mais ce n'est pas encore assez car le vent redouble de violence, siffle et vocifère contre la fenêtre, réveillant en moi des terreurs plus anciennes. Des rats, des milliers de rats grattant, griffant, rongeant le plancher. Des vers géants se tortillant et s'entremêlant. Des cafards immenses s'insinuant sournoisement entre les planches. Et dans mes fantasmes délirants, je vois des phasmes dansant une sarabande. Et tous caracolent, se dressent, se cabrent, se mêlent en une danse macabre. Je veux regarder sous mon lit, je veux voir qu'ils n'existent pas, qu'ils ne sont pas là. Je veux voir pour arrêter de croire. Mais je ne peux pas. Parce que j'ai peur.

Près de la fenêtre est accroché un tableau étrange. C'est ma maman qui l'a mis là parce qu'elle l'aime bien. Moi, je me demande pourquoi elle ne le met pas dans sa chambre. Mais les mamans font souvent des choses comme ça. C'est un tableau qui représente une femme debout sur une colline surplombant les vestiges d'un temple en ruine. Je ne l'aime pas. Pendant la journée, ça va, mais la nuit j'ai l'impression qu'il m'attire. Un jour qu'on est monté tout en haut de la tour Montparnasse, je me suis approché du bord. Je voyais toute la ville, c'était génial ! Et puis j'ai regardé vers en bas, et ça m'a fait bizarre, comme une envie, comme un appel, le vide m'attirait… Ce tableau-là me fait le même effet. Quand maman n'est pas là je le retourne, mais ce soir j'ai oublié. Et j'ai trop peur de me lever. Une peur bleue. Maman et papa disent que tout ça c'est dans ma tête. Mais… s'ils se trompaient ? Ils ont dit qu'ils ne viendront pas ce soir. Que je suis grand. Alors je ne crie pas. Pas encore. Je détourne la tête, et mon regard tombe sur mon van rouge, incongrûment planté au milieu d'un décor de far-west, et cette vision me met mal à l'aise. Comme les petits soldats. Je ne me rappelle pas les avoir mis là. Mais c'est forcément moi. Ou Charlie. En tout cas, ils étaient déjà comme ça quand maman est venue me dire au revoir. Je crois. Sur ma droite les yeux du dragon me fixent de leur dur éclat, et entre ses griffes la pendule indique minuit deux. Je la fixe. Minuit quatre. Je vais un peu mieux. Surtout ne pas réfléchir, ne pas *imaginer*. J'essaye de me concentrer sur des choses concrètes. D'oublier cette insomnie qui se nourrit de moi, depuis maintenant plusieurs mois. Maman veux que je mange plus, elle trouve que je maigris trop et que bientôt il ne me restera plus que la peau sur les os. Bien sûr, le problème ne vient pas de là. Mais maman ne veut pas le voir, ne veut pas le croire. C'est pourquoi ce soir, je suis seul face à mes peurs, face au roi Stephen. Je le sens tenter un nouvel assaut, et aussitôt surgissent devant mes yeux des visions de chaos, de terreurs et de fléau. Une ville détruite par le diable, une autre par des vampires, et le monde succombant sous des zombies issues de manipulations des ondes téléphoniques. Je ravale un grand cri qui monte du tréfonds de ma gorge. Je jette une nouvel fois un œil à ma pendule, et manque de me mordre la langue en voyant le dragon qui gesticule. Ou bien n'est-ce que la lumière jouant sur ses ailes ? Ne rien regarder, ne pas imaginer. Je me cache vivement sous les couvertures, couvrant ma tête sous l'oreiller. J'entends un bruit, un battement affolé. Mon souffle est court. Et si ce n'était pas dans ma tête ? Si tout ça était réel ? Je les entends ricaner, je les entends sortir de leurs terriers, tandis que le roi Stephen, quittant sa Tour Sombre, peut enfin s'approcher. Non. Ne pas croire en eux. Rester sous l'oreiller. J'ai du mal à respirer et mes tempes battent un tempo endiablé, mais si je regarde, alors ce sont eux qui ont gagné. Si je regarde, ils existeront pour de bon. Ils reviendront chaque soir. Ne pas regarder. Mais. Si quelque chose me touche. Alors je vais hurler. Je vais devenir fou et hurler jusqu'à ce que mon cœur éclate.

J'attends.

Mes poumons sont en feu, mon souffle est brûlant. Il faut que je me calme. Des craquements. Des pas. Non, c'est la maison, le bois qui travaille. Tu es sûr ? Est-ce en *ça* que tu veux croire ? Tu ferais mieux de regarder, pour voir la chose qui sort de ton placard, la chose qui attendait. Entends-tu sa respiration sifflante ? C'est le vent qui chante en traversant le chambranle. Entends-tu son pas traînant ? Ce sont les arbres bruissant contre la barrière. Ne veux-tu pas voir son bras décharné se tendre doucement vers toi ? Il n'y a rien à voir. REGARDE ! REGARDE-MOI !

J'attends. Je serre les dents. Je ferme les yeux à en avoir mal. Un liquide chaud coule entre mes cuisses, c'est presque réconfortant. Ne veux-tu pas voir ? Non. Ne veux-tu pas voir quand ma main s'abat sur toi ? Je suis pétrifié, tous mes muscles sont tendus, et mon souffle ressemble au crissement sinistre d'un squelette grattant REGARDE-MOI MAINTENANT !

Mon cœur manque un battement. Mes tempes vont exploser. Et puis.

Rien.

Le roi Stephen est parti. J'ai gagné pour cette fois. Je sors la tête de sous l'oreiller, je regarde enfin autour de moi. Tout est calme. Le vent souffle légèrement dehors, se voulant maintenant apaisant, la lumière de la lune est douce et chaude, et les ombres ne sont plus que des ombres. Je me lève et rabas les couvertures pour enlever mon drap. La tâche d'urine est là, mais pas si grande que ça. Je jette le drap en boule dans un coin et en reprends un nouveau. Je tâcherai de le cacher dans la corbeille à linge demain, ou de le remplacer dans le lit de Charlène lorsqu'elle sera dans la salle de bains… Je me remets au lit, mais auparavant je retourne le tableau et je referme bien la porte du placard. Ça ne sert à rien. Je le sais, maintenant.

Mais je dors mieux.

Note de l'auteur : Cette nouvelle à été écrite spécialement pour ce recueil et constitue ma version du fil rouge de la collection : « une rencontre avec Stephen King ». Comme les moins perspicaces l'auront déjà trouvé, le roi Stephen fait bien évidemment allusion à Stephen King, alias Celui-Dont-Je-Ne-Dois-Pas-Dire-Le-Nom, mais comme les plus perspicaces pourront vous le dire : il y a également dissimulée dans cette nouvelles les titres ou des allusions aux romans et aux nouvelles de Stephen King. Pas tous, je le crains, mais en tout cas une bonne tripotée ! Saurez-vous les retrouver ?

Elséa

Un mois s'est écoulé depuis cette nuit où j'ai scellé ma vie en la rencontrant.

1

Le jour se lève. Les quelques rares rayons de soleil dépassant des toits des immeubles voisins m'éclairent de leur lueur blafarde à travers l'épaisseur de crasse qui tapisse ma fenêtre. Leur douce chaleur consume pourtant mon visage aussi sûrement que la flamme vive d'un bûcher. Ma peau est si pâle.

Sur ma droite, mon radioréveil s'obstine à inscrire en chiffres de sang un temps qui ne compte plus pour moi. Comme chaque matin depuis que je l'ai rencontrée, je commence par croire que tout ceci n'a été qu'un rêve. Comment pourrait-il en être autrement ? Sa main se pose alors sur mon torse, aussi brûlante qu'une pluie d'hiver. A son contact glacé je laisse échapper un cri de silence. Elle est étendue près de moi, la tête à demi enfouie dans l'oreiller et m'observe au travers d'une mèche de ses cheveux couleur d'ébène. Son parfum me parvient, doux, étrange, enivrant. Il me rappelle les senteurs de mon enfance, fragrances éparses surgissant de mes souvenirs comme de vieux fantômes. Quelque chose d'autre aussi, de plus ancien, quelque chose de plus dérangeant, et dont je ne veux rien savoir.

Elle me sourit, et je veux croire qu'elle m'aime. Tandis que je la regarde, cette question revient me hanter : Qui est-elle ? Cela n'a plus d'importance. Je me contente de tourner la tête vers la fenêtre pour regarder les derniers efforts du soleil qui se hisse au-dessus de la barrière de béton, sachant que bientôt je ne pourrai plus. La tache lumineuse s'auréole doucement sur ma poitrine (là où courre une ligne de chair en voie de cicatrisation) et ses rayons me réchauffent – un peu trop d'ailleurs, je les sens traverser ma peau. Elle a retiré sa main et je sais qu'elle est partie. Elle ne va pas revenir avant la nuit, maintenant. Je ferme les yeux et m'abandonne pour fuir tout cela. Vaine espérance: elle continue d'errer inlassablement dans mon esprit. Sous mes yeux impuissants à contenir l'obscurité se déroule à nouveau cet instant magique, hors du temps, comme autant de reflets que font deux miroirs se faisant face, indéfiniment.

2

J'errais dans le métro plus que je ne m'y promenais. Je n'étais pas ivre, mais l'alcool exerçait sur moi sa douce emprise, emplissant ma tête d'une brume de coton. Je débouchais sur le quai espérant que ce n'était pas le dernier train que je venais d'entendre partir. Sur ma droite, un clochard était affalé sur quatre sièges. Son sac lui servait d'oreiller et une couverture écossaise jetée sur lui le couvrait des mollets jusqu'aux épaules, ne laissant dépasser qu'une main qui traînait sur le sol comme un vieux câble sectionné. Sur le quai d'en face, un guitariste désoeuvré grattait son instrument distraitement, apparemment indifférent à la conversation des plus animées que tenait un homme sans âge avec le distributeur automatique de boissons.

Je m'installais sur un siège et renversais la tête en arrière, essayant d'échapper au flot de mes pensées que l'alcool n'arrivait plus à arrêter. Je revoyais sans cesse ma mère, hurlant dans sa cuisine que je ne ferais jamais rien de ma vie, agitant en l'air une spatule en bois au rythme de ses mots, tandis que se superposait comme dans un film la liste des reçus au baccalauréat sur laquelle mon nom ne figurait pas. Tout cela ricochait dans ma tête. Les bruits du métro me parvenaient diffus, comme si quelqu'un les saupoudrait au-dessus de moi. Le train est arrivé, me surprenant presque.

Le wagon était vide à l'exception d'un groupe de jeunes – quatre -, qui formaient un cercle à deux rangées de moi. Ils parlaient bruyamment et lâchaient quelques rires gras aussi plaisant à l'oreille que des rots sonores dans une église. Une phrase surgit à ma mémoire : On est une bande de jeunes... On s'fend la gueule... et je souriais malgré moi. Je m'asseyais discrètement, me faisant instinctivement aussi petit que possible, transparent. C'est à ce moment là que je la vis au milieu d'entre eux et compris qu'elle était la cible de leur excitation. Calme, une lueur d'amusement brillant au fond des yeux, elle leur faisait face avec un aplomb suicidaire. Et soudain il n'y eut plus qu'elle. Elle qui semblait plus réelle que tout le reste, cependant qu'étrangement, une part de moi reniait son existence.

L'un d'eux essaya de la prendre par le bras pour l'attirer vers lui, faisant grogner ses camarades d'un contentement proche de cochons se vautrant dans leur auge. La claque partit, cinglant l'air comme une détonation. Le garçon vacilla en arrière, et s'ensuivit une seconde de silence, chacun essayant de comprendre ce qui venait de se passer. Puis tout bascula très vite. La seconde suivante j'étais debout dans l'allée, fondant sur eux totalement inconscient du danger, avant même de savoir que j'avais pris la décision de le faire. La pensée m'effleura qu'une main invisible me tirait par le bras. Je ne me serais jamais cru capable d'un tel acte.

Un cri : « Hey, mec ! Derrière toi ! », suivi d'un «Merde !», lâché par un brun au regard de fouine juste avant que mon poing ne s'écrase sur sa mâchoire dans un bruit de bois cassé. Il partit en arrière, avant de se courber en avant comme s'il voulait dégueuler - sauf qu'à la place il cracha deux dents. Avant même qu'il ne se redresse, les autres fonçaient sur moi avec trois *clics* ! chacun correspondant à une lame qui jaillissait. J'esquivais le premier... m'acculant entres deux rangées de sièges et devenant ainsi aussi difficile à attraper qu'une pneumonie en plein hiver. Ils rangèrent leurs armes en souriant - c'était déjà ça..., puis un poing vint dans ma direction. Je l'arrêtais net en le bloquant avec mes avant-bras, permettant à un pied venu de nulle part de me frapper violemment à l'estomac. Le souffle coupé, je m'écroulais à terre en me tenant le ventre et m'apercevais enfin que ma main était en sang. Leurs ricanements tournaient autours de moi en une valse sinistre, alors que j'essayais de me relever, le corps secoué de hoquets saccadés. « Voilà pour l'introduction, passons au développement ! », ricana le plus grand d'entre eux, qui devait avoir un peu plus d'instruction… Deux mains me saisirent par les bras et m'envoyèrent plonger tête la première vers une barre d'appui. Je volais littéralement vers elle, les bras tendus comme pour l'embrasser, et la heurtait de plein fouet dans un bruit sourd qui résonna dans mon crâne. La douleur explosa et une myriade d'étoiles dansa devant mes yeux. Un goût métallique m'emplit la bouche, tandis que je sentais le monde vaciller autour de moi. Allongé sur le dos, un œil fermé et l'autre recouvert d'un voile rouge, j'attendis la suite des événements en suffocant - sans avoir vraiment d'autres choix...- Je voyais celui que je supposais être le chef (il y en a toujours un…) se tenir au-dessus de moi, un filet de bave brunâtre dégouttant de sa lèvre coupée et maculant son t-shirt blanc d'un point d'exclamation sanglant.

« Qu'est-ce qu'on fait de lui ? », demanda une voix haletante où pointait une excitation mal contenue. « J'ai ma petite idée là-dessus... », répondit Lèvre Fendue, une lueur malveillante au fond de ses yeux de fouine. De nouveau un *clic !* Des bruits de vêtements qu'on déchire, puis une douleur qui annihile toutes les autres - la mère de toute les douleurs, partant de mon bas-ventre pour envahir tout mon corps. Je me sentais partir, et j'entendais les craquements sinistres qu'étaient leurs rires, des cris de corbeaux affamés. Car c'est ce qu'ils sont. Une langue de chaleur vint s'ouvrir sur ma poitrine, noyée par le trop plein de douleur que constituait le reste de mon corps, mais suffisante pour me laisser penser que les choses *sérieuses* allaient commencer. Au milieu de moi quelque chose se déchira, et les larmes jaillirent.

De larmes de honte et d'impuissance, tandis que je pensais « Alors c'est comme ça que ça se termine ? C'est ça ? C'est vraiment ça, Le Dernier Jour De Ma Vie ? »

Des choses me soulevèrent un peu – sans doute des mains, et j'entrouvrais péniblement un œil sur un gros plan de Lèvre Fendue, souriant tant bien que mal, et produisant de nouveaux craquements avec sa bouche dont j'essayais de comprendre le sens, même si je sentais que l'idée générale ne signifiait rien de bon pour moi. Soudain, tranchant toute réflexion, quelqu'un se trouvant hors de mon champ de vision (lequel, il est vrai, était très restreint) avait beugler : « Kaisse t'veux toi ? T'as peur qu'on t'oublie ?!», en terminant sa phrase par un croassement qui se voulait un rire et qui termina sa carrière en hurlement. Suivit un bruit atroce - comme une voiture passant sur un gros chat. Lèvre Fendue disparut de ma vue, jappant un «P'tain !» étranglé. Des bruits de pas chaotiques. Des cris. Des coups qui résonnent. Des bruits que je croyais n'avoir à entendre qu'au cinéma. Des cris. Bordel, mais qui pouvait crier comme ça ? Le métro s'arrête, les portes s'ouvrent. Des pas se précipitent vers la sortie. Encore des cris, d'autres personnes, cette fois.

« Ho, Mon Dieu ! Regardez ! », «Ecartez-vous, bon sang, ils ont des armes ! ». Un cri de femme, des pas qui s'estompent. Des gens qui montent. «Ho, Mon Dieu ! », encore une fois... « Il y a du sang partout ! », puis un homme : « Tenez, il en reste un.», « Oui, mais dans quel état.», remarqua quelqu'un d'une voix étrangement détachée. Ce fut le dernier mot que j'entendis avant de sombrer dans l'inconscience. A mon réveil, ma tête me donna l'impression de vouloir exploser. J'ouvrais un œil, l'autre s'obstinant à vouloir rester fermé, et prenais à peine attention aux quelques personnes prostrées à l'arrière du wagon et dont l'indifférence avait quelque chose de terrifiant. Certains me dévisageaient, me portant l'intérêt qu'on réserve en général à un rat crevé.

Mais pas Elle.

Elle était là, accroupie à coté de moi, et j'avais ce sentiment incroyable d'être important, de me sentir plus *solide* - non pas physiquement, mon corps étant à la torture, mais… comme si le monde autour de nous n'avait que la consistance d'une feuille de papier que j'aurais pu déchirer en tendant la main. J'essayais de la lever, et ne réussit qu'à remuer péniblement les doigts ; alors elle me prit la main, et la porta à hauteur de sa bouche, son sourire éclatant comme un feu d'artifice dans une nuit d'été, et ses yeux comme des gouffres d'éternité dans lesquels je m'abîmais - ignorant le sang dont elle était tachée, de même que ce petit bout de matière rosâtre qui restait accroché à son épaule comme une sangsue. Le temps semblât alors se fissurer, créant une faille hors de la réalité étouffante. La douleur s'atténuait. J'étais allongé et restais là à la contempler quand se déclara en moi un sentiment d'une violence que je ne soupçonnais pas. Ses yeux semblaient plonger au fond des miens, puiser dans mes pensées. Et pendant de longues secondes ? Minutes ? Heures ? Je ne pus en détacher mon regard.

3

Je ne me rappelle plus ce que je lui ai dit et, en fait, je ne sais même pas si nous avons parlé (de même que je ne sais plus comment nous sommes rentrés). Je perds la mémoire. La seule chose dont je me souviunne, c'est qu'elle était près de moi le lendemain matin (juste avant que le soleil n'inonde la chambre de lumière) et que je ne voulais plus la quitter. Son corps endormi près de moi avait la couleur du lait, et je fus pris d'un sentiment compulsif de vouloir toucher sa peau. Puis j'ai fermé les yeux le temps d'un battement de cœur, ébloui par un rayon de lumière, et elle n'avait plus été là lorsque je les ouvrais de nouveau. Elle avait tout de l'apparence d'un rêve, mais étrangement, je savais qu'elle allait revenir... dès la tombée de la nuit. Tout ce qui me restait d'elle était son nom, tourbillonnant dans le maelström de mes incertitudes : Elséa... Alors je m'étais levé, ignorant le picotement qui me démangeait le cou et passant distraitement un doigt sur les deux petites taches couleur de rouille à la base de mon oreiller. Puis les jours ont défilé, mais seules les nuits étaient importantes. J'ai commencé à sortir de moins en moins. Je sentais la force - la vie - quitter progressivement mon corps, comme l'eau d'un robinet mal refermé.

4

Maintenant je ne sors plus du tout, je ne bouge presque plus. Je ne vis plus que pour la revoir. Je me sens partir, et pourtant... cela ne me fait pas peur. Peut-être parce que plus rien ne me retient ici. Peut-être parce que je sais que je vais la rejoindre, que je serai totalement avec elle - à elle. Peut-être parce que je sais maintenant que la mort n'est pas une fin en soi. Peut-être...

5

Le soir est finalement venu. Elle est là. Il n'y a pas eu de bruit de clef dans la serrure, pas de porte qui s'ouvre péniblement sur ses gonds mal huilés, pas de soupir de soulagement que l'on pousse en arrivant chez soi après une dure journée. Mais je sais qu'elle est là. Elle va venir près de moi. La voilà. Son visage blanc, éclairé par l'éclat de la pleine lune, rayonne comme un soleil, comme un nouveau jour, une nouvelle naissance. Ses cheveux sombres comme l'infini retombent sur ses épaules. Ses yeux bleus (n'étaient-ils pas noirs avant ?) me transpercent, je me sens flotter. Elle vient près de moi. Je me contracte un peu, redoutant le contact de sa peau glacée autant que je le désire. Elle me sourit. O mon Dieu, je me damnerais pour contempler ce sourire jusqu'à la fin des temps. Elle se penche sur moi, tandis que deux éclats en forme de croissants de lune étincellent sur ses canines. Je ferme les yeux. La douleur/le plaisir m'arrache un cri étranglé et je sens une larme perler.

Qui es-tu, Elséa ? Qu'es-tu ? Les deux questions se noient dans le bourbier de mes pensées, tandis que le changement s'opère en moi. Un serpent de feu parcours mes veines, faisant aussitôt place à un froid glacé.

Me voilà mort. Pourtant, je ne me suis jamais senti aussi vivant.

Et assoiffé.

Brouillard

La route, silencieuse et sinueuse, se déroulait sous ses roues. Dans le ciel, quelques nuages se promenaient en prenant des reflets mordorés, doucement bercés par le vent et éclairés par la lumière puissante des serres. Sur sa droite, la Loire suivait paisiblement son cours, seulement troublée par quelques péniches amarrées ici et là se laissant ballottées au gré des flots. Des langues de brouillard se tordaient paresseusement sur la route et la moto s'engouffra entre elles comme un brise-glace fendant la banquise.

1

BIP BIIIP BIP BIIIP !!!

Comme tous les matins, une main pesante décrivant un arc de cercle presque parfait s'écrasa lourdement sur le bouton d'arrêt du réveil –lequel produisit un son de dénégation laissant supposer qu'il ne supporterait pas longtemps pareil traitement. Le vieux réveil digital plongea dans un mutisme absolu et plus rien ne bougea dans la chambre jusqu'à ce que le chiffre des minutes change encore deux fois.

Yann Leroy souleva son autre main qui, d'un geste précis dans l'habitude, appuya sur le commutateur de sa lampe de chevet. Il ouvrit lentement les yeux, filtrant la lumière crue et éblouissante de la lampe à travers ses doigts. Il bailla tout en s'étirant et regarda son réveil, histoire d'être bien sûr qu'il était 4H12. Non, 13, maintenant.

Yann se dirigea à pas lents vers la cuisine, craignant visiblement qu'un mouvement trop brusque de si bon matin ne risque de lui déboîter un membre. Il mit un reste de café à chauffer au micro-onde tandis qu'il repartait vers la salle de bains pour s'habiller – partant du principe qu'il n'y a pas de petite économie de temps quand il s'agit de rester le plus longtemps au lit. La toilette et l'habillage bouclés en trois minutes – soit deux de plus après avoir entendu le Ding du micro-onde survenant généralement lorsqu'il enfile son pantalon – il prit son petit déjeuner. Deux croissants et un café plus tard, c'était chose faite. Après un bref passage aux toilettes avant de fermer ses portes, il prit ses affaires et les mit dans sa sacoche, enfila son casque, et fit démarrer sa moto – une Aprilia d'occasion dont il venait de faire l'acquisition. Il roula jusqu'au trottoir, mit la moto sur béquille le temps de fermer le portail, puis s'engagea sur la route bordée de lampadaires.

A cette heure où le matin se confond encore avec la nuit, toutes les maisons étaient silencieuses, et seul un chat en maraude – en train de fouiller dans un sac plastique, au pied d'une poubelle débordée – releva la tête en manifestant un intérêt poli lorsque la moto passa devant lui en grondant. La maison de Yann s'éloigna rapidement derrière lui et, après trois bifurcations et le passage des deux ponts enjambant le fleuve, il se retrouva sur la route serpentant le long des bords de Loire.

Jusque là, tout s'était déroulé suivant un rituel installé depuis deux ans, depuis qu'il travaillait à Basse-Goulaine, à 15 kilomètre de chez lui, en tant que Pâtissier-Chocolatier-Confiseur-Glacier – Oui, m'dame, rien que ça !

Jusque là tout avait été comme d'habitude, tout avait été normal.

Cela ne dura pas.

2

La route, silencieuse et sinueuse, se déroulait sous ses roues. Le bruit de son moteur, diminuant dans son casque jusqu'a n'être plus qu'un léger ronronnement, la quiétude du paysage et le souvenir pas si lointain de son lit confortable et douillet, lui donnaient l'impression irréelle de dormir encore – d'être dans un rêve. Yann dépassa sans les regarder les serres des frères Briand – maraîchers depuis X générations – et leva les yeux vers le ciel où flottaient quelques nuages doucement bercés par le vent et qui, éclairés par les lumières puissantes des serres, prenaient des reflets mordorés. Un rêve...

Bien qu'il ne l'entendit pas, Yann aimait à imaginer le clapotis de la Loire contre les berges. Sur sa droite, le fleuve suivait paisiblement son cours, seulement troublé par quelques péniches amarrées ici et là et se laissant ballottées au gré des flots.

La lune, permettant une visibilité claire et lointaine, fut soudain masquée par quelques franges blanches, semblant s'accrocher à elle comme des doigts décharnés et avides. Des langues de brouillard se tordaient paresseusement sur la route, et la moto s'engouffra entre elles comme un brise-glace fendant la banquise. La route disparut aussitôt sous ses yeux, le brouillard ne lui laissant sournoisement que deux ou trois mètres de visibilité – suffisamment pour continuer à avancer, mais bien trop peu pour le faire en toute sécurité. Sortant brutalement de sa rêverie, Yann fit un mouvement brusque qu'il regretta aussitôt, lorsque la moto commença à partir en dérapage. Après quelques instants de frayeur, il réussit cependant à en garder le contrôle et à rétablir l'assiette. Le cœur cognant contre sa poitrine et la sueur lui tombant dans les yeux – le vieux parapet de pierre entre la route et le fleuve n'étant pas très haut –, Yann ne remarqua que trop tard ce qui se dressait soudain devant lui. En plein milieu de la route et commençant aussi abruptement qu'une falaise, s'élevait une épaisse couche de brouillard – un mur de brouillard – du genre que les vieux routards qualifie volontiers d'impénétrable.

Yann, lui, y pénétra.

La moto s'enfonça dedans, donnant plus l'impression d'être avalée par la masse nuageuse que d'y entrer simplement. Le reflet du phare, qui ne réussissait pas à traverser la densité du brouillard, aveugla Yann au point qu'il dut se résigner à l'éteindre. Freinant vivement, il sentit le gravier de l'accotement crisser sous ses pneus. La moto tangua et, dans cet étrange décor, il eut la sinistre impression de tomber du haut d'une maison, d'un immeuble, de faire une chute sans fin. Juste avant que la moto ne s'arrête, le déséquilibre de son poids l'entraîna, et il se jeta par terre pour ne pas se retrouver écrasé sous elle. Yann Leroy roula dans l'herbe du fossé sans trop se faire mal et s'allongea sur le dos en attendant que son coeur recouvre un rythme normal. Les battements remplissaient sa tête et résonnaient comme des coups de tambour. Yann se redressa sur son séant. La buée recouvrait sa visière et il enleva son casque pour respirer et y voir un peu mieux ; cela ne lui apporta cependant pas une grande amélioration. Il scruta le brouillard, ouvrant grand les yeux pour essayer de discerner quelque chose, mais c'était comme si l'on avait tendu un rideau devant lui. Une veine battait furieusement sur sa tempe, et Yann se força à se calmer. Son cœur agité commença bientôt à ralentir la gigue endiablée qu'il avait menée jusque là, puis finit par reprendre tranquillement son rythme de croisière. Voilà qui était mieux.

Pourtant, il avait peur.

3

Yann voulut redresser sa moto, mais ne la trouva pas là où il pensait qu'elle était. Il s'avança de quelques pas pour chercher à tâtons, se courbant en deux, les mains à hauteur des genoux faisant des moulinets prudents. Il espérait bien la retrouver malgré les quelques centimètres de champ de vision que le brouillard ne semblait lui laisser qu'à regret. Après avoir patiemment fouillé tout le périmètre où logiquement sa moto aurait dû se trouver, il se rendit à l'évidence : dans ce foutu brouillard à la noix il était impossible de se repérer et croyant se rapprocher d'elle, il avait dû en fait s'en éloigner. Voila tout. Sûrement. Une idée folle s'empara alors de lui : je ne serais jamais à l'heure au boulot ! Il chercha encore pendant une petite éternité de quelques minutes sans trouver quoi que ce soit, et peu à peu le fait d'arriver en retard à son travail se retrouva subrepticement relégué au fin fond de la corbeille de ses soucis.

Yann décida alors d'avancer. D'abord parce qu'il croyait que c'était la meilleure chose à faire, ensuite parce qu'il n'y avait de toutes façons rien d'autre à faire. Il marcha en ligne droite pendant longtemps, c'est-à-dire sur une dizaine de mètres – ce qui, sur une route censée être aussi droite qu'un serpent épileptique, représente un petit exploit. Il préféra penser qu'il n'avait pas bien marché. Il croyait être allé droit, mais comme on n'y voyait rien dans cette fichue purée de pois il aurait pu tout aussi bien avoir tourné en rond comme le dernier des cons. Il continua donc à marcher un petit peu, essayant de se concentrer sur la direction de ses pieds, mais sans pouvoir empêcher la petite bestiole de la panique de venir lui faire coucou.

Il marchait, il marchait mais quelque chose le dérangeait sans trop savoir quoi. Puis la vérité s'offrit enfin à lui, et aussi nette et tranchante qu'une lame de rasoir elle lui entailla la raison : il marchait droit devant lui depuis qu'il avait quitté sa moto et il n'avait TOUJOURS PAS rencontré d'obstacles. Pas de parapet, pas de mur, pas de... rien. Et le bruit. Le bruit de ses pas. Il ne réussissait qu'à produire de petits sons étouffés comme s'il marchait sur de la moquette. Dans un accès d'affolement, il se mit à frapper du pied comme un sourd contre le sol. Rien. Il se rendit soudain compte qu'il ne sentait vraiment rien sous lui. Il se tenait bien là, mais lorsqu'il frappait le bitume – du moins l'endroit où le bitume aurait dû se trouver – il lui semblait que son pied descendait un peu trop bas. Une goutte de sueur dévala sur son front et lui piqua l'oeil droit. Il se baissa lentement, voulant toucher le sol qu'il ne parvenait toujours pas à voir, mais sa main ne rencontra que du vide. Il essaya de déglutir, mais sa bouche était sèche et sa gorge le brûlait. Alors il ferma les yeux, releva doucement la tête en prenant une profonde inspiration, puis les rouvrit enfin sur… rien. Du blanc. Rien que du blanc. Partout, tout autour de lui. Il empoigna alors la Bestiole Panique – qui tournait maintenant follement dans sa tête comme un chat courant après sa queue – et, lorsqu'il fut sûr qu'elle ne bougerait plus, se redressa en réprimant à grand-peine une envie de vomir. Bien planté sur ses deux pieds, ses derniers légèrement écartés l'un de l'autre, comme un cow-boy en plein duel, il inspira lentement, bloqua sa respiration, puis expira tout aussi lentement. Après plusieurs tours de ce manège, il sentit qu'il commençait à se détendre et relâcha prudemment la Bestiole Panique. C'est à ce moment que quelque chose cassa en lui.

Sans rien à manger – pas de sons, pas de lumières, pas de sensations… – le cerveau se dévore lui-même. C'est ce que fit celui de Yann. Sa raison lui parut soudain lointaine et il se mit à courir en tous sens – Quelle importance ? Il n'y a plus de sens ! pensa-t-il en se mettant à rire. Tout ça n'a aucun sens ! Il trouva que c'était la réplique la plus drôle au monde et partit d'un nouvel éclat de rire, il hurla de rire, et continua ainsi à courir, hurlant et sanglotant tout à la fois dans cette immensité de vide.

4

Contrairement à la lumière qui indique la fin d'un tunnel, dans cet océan de blancheur ce fut une espèce de trou noir qui attira son regard et lui apporta l'espoir. Au départ juste un point d'aiguille devant ses yeux, mais quand on ne voit que du blanc la moindre chose concentre toute l'attention. Cette apparition le fit se calmer et sa Raison pointa timidement le bout de son nez en haut de l'escalier pour voir si les salauds qui saccageaient la pièce du bas avaient décidés de prendre le large. Un point noir. C'était peu de choses, mais quand il n'y a rien, peu de choses ça suffit pour s'accrocher. Il se mit à courir vers lui, à un rythme raisonnable cette fois, et continua jusqu'à n'avoir plus de forces. Lorsqu'il s'arrêta enfin, les muscles de ses jambes lui faisaient mal, et il s'assit un moment sur le… le bas-côté ? – Oui, appelons ça comme ça. Même s'il n'y a rien, ce n'est pas une raison pour mettre à la poubelle des milliers de mots de vocabulaire, et Yann se prit à sourire au vide.

Le point paraissait toujours si petit que Yann – doutant un instant qu'il s'en rapprochait – s'imagina un instant courant pour toujours vers un but ne cessant de reculer tel un Sisyphe du néant. Puis il se calma encore une fois et trouva que, finalement, le point devait être un petit peu plus gros qu'avant – disons que d'une tête d'épingle il était passé à deux. Ce n'était pas grand-chose, et ce n'était même peut-être qu'un effet de son imagination, mais quand on a rien… Ce point noir, cet espoir, était si petit que lorsqu'il fut enfin arrivé et vit l'ampleur démesurée de la chose, le souffle lui manqua, et ses jambes refusèrent de le porter plus longtemps. Comme s'était élevé le mur de brouillard, devant lui s'élevait un immense mur d'obscurité – Non, pas d'obscurité, c'est… il n'y a pas de mots pour ça, mais si la lumière avait son contraire, et bien ça serait ça. Un mur au pied duquel Yann s'assit, exténué, et dont il ne pouvait voir ni la hauteur, ni même le prolongement.

Yann ne savait pas combien de temps il lui avait fallut pour atteindre le mur, finalement. Le temps, comme le paysage, semblait être parti en voyage et ne donnait pas l'impression de vouloir revenir de vacances de si tôt. Il savait juste qu'à partir d'un moment il était devenu évident que l'objet devant lui était en train de grossir et donc qu'il s'en rapprochait. C'était l'unique objectif dont il avait voulu remplir ses pensées, et il s'était concentré dessus avec l'ardeur du désespoir. Surtout ne pas penser à autre chose… Bien fermer les portes et que la Bestiole Panique aille se faire foutre. Maintenant qu'il était arrivé, il pouvait recommencer à se poser des questions. Non, Yann ne savait pas combien de temps il avait couru, et il s'était arrêté plus de fois qu'il ne pouvait s'en souvenir. Yann poussa un soupir, se frotta la joue d'un geste machinal et suspendit soudain son geste. Non, ce n'est pas possible, je me suis rasé ce matin ! C'est-à-dire il y a… il y a quoi ? Une heure ou deux ? Trois peut-être ? Pas plus, ce n'est pas possible ! Pourtant, la petite barbe qu'il était en train de frotter ressemblait furieusement à celle qui le chatouille d'habitude au bout de deux ou trois jours. Il eut alors l'idée de regarder sa montre, s'attendant plus ou moins à ce qu'elle ne fonctionne plus ou qu'elle se soit arrêtée – allez savoir pourquoi. Aussi fut-il surpris de voir qu'elle marchait parfaitement, et encore plus de voir qu'elle n'indiquait que trois heures et vingt minutes de plus que l'heure à laquelle il était parti de chez lui. La montre était donc d'accord avec lui. Mais pas sa barbe. Il voulut être choqué mais s'aperçut qu'il s'en foutait éperdument. Là-dessus il entreprit de se lever et s'écroula aussitôt, une myriade de points lumineux lui explosant dans les yeux comme à un quatorze juillet. La faiblesse de son état lui apparut dans toute sa splendeur et il réalisa qu'il était mort de faim. Après avoir attendu un peu en fermant les yeux, il se releva plus doucement et considéra la masse sombre s'étalant devant lui.

Le point s'était épaissi, puis le contour d'un carré avait commencé à se dessiner. A partir de là il s'en était approché de plus en plus vite – du moins le croyait-il. Le carré s'était transformé en rectangle puis, à mesure qu'il s'approchait, s'était élargi sur les cotés de part et d'autre de lui jusqu'à atteindre les limites de son champ de vision, aussi bien sur la droite et la gauche que vers le haut. En revanche, en baissant les yeux il voyait toujours ce blanc immatériel, et posé dessus – ou flottant dessus – se découpait cet immense mur noir – bien qu'immense soit une notion aux dimensions humaines, ce que Yann voyait là était au-delà de ce qu'il pouvait exprimer avec des mots.

La couleur du mur n'était pas vraiment noire, de même qu'il n'était pas vraiment lisse, comme Yann l'avait cru au début. Il n'était pas lisse du tout mais composé de sortes de filaments serrés se tordant et se mouvant sans cesse, ce qui donnait une impression de solidité. Ayant perdu le contrôle des choses depuis déjà un bon bout de temps, il ne contredit pas son cerveau quand ce dernier lui proposa d'entrer là-dedans, pour voir. De toute façon, c'était ça ou attendre la mort dans cette immensité vide – pouvait-on y mourir d'ailleurs ? il frissonna à cette idée. Yann ne voulut pas réfléchir plus longtemps et profitant que la Raison était encore à mi-chemin du palier, il tendit d'abord une main. Elle disparut progressivement, les filaments se resserrant contre elle après l'avoir laissée passer, et Yann ne ressentit rien. Pas même un frémissement sur sa peau. Il prit une bonne inspiration, ferma les yeux et s'avança d'un grand pas. Son corps fut englouti d'un coup.

Yann fit quelques pas et finit par ouvrir les yeux. Il ne voyait toujours rien – ou plutôt il ne voyait que du noir – mais ressentait une pénible sensation de grouillement, plutôt psychique que physique d'ailleurs, comme une démangeaison derrière les globes oculaires. Et puis soudain il y eut un noir absolu ; plus de grouillements, plus de filaments, plus rien. Rien que le vide et une sensation de chute alors que lui-même n'aurait pu dire s'il tombait ou restait sur place dans ce néant inconcevable – et comme le cerveau humain n'est pas conçu pour concevoir l'inconcevable, Yann Leroy s'évanouit pour faire bonne mesure.

5

Yann se réveilla d'un coup, ouvrant grand les yeux et inspira vivement. La première chose qu'il vit, c'est qu'il voyait effectivement quelque chose. C'était un premier soulagement. Le deuxième soulagement était de constater que ce qu'il voyait correspondait à ce qu'il connaissait. Une bonne vieille route de campagne, bordée sur sa droite par un champ couvert de silos de plastique protégeant vraisemblablement des laitues, et devant lui une rangée de maisons individuelles. Et surtout : pas un pet de brouillard ! Il se rendit compte que tout cela lui était familier et qu'il reconnaissait la route qu'il empruntait tous les matins sans même avoir besoin de regarder sur sa gauche pour distinguer le petit parapet de pierre par-dessus lequel il aurait pu voir la Loire. Ce fut son troisième soulagement, et ce fut le dernier.

Lorsqu'il parvint à se mettre debout, il tituba d'abord sur quelques pas, puis réussit à rétablir son équilibre et regarda plus sérieusement autour de lui. Il pouvait voir. Il n'y avait plus de blanc, plus de noir, seulement une ville endormie éclairée par la lune et quelques réverbères – éteints du reste, mais là n'était pas le problème pour l'instant. Il fut si content qu'il ne remarqua pas l'aspect figé des choses. Pas tout de suite en tout cas. Yann se retourna vers la route et les maisons qui s'étalaient sur l'accotement avant de céder la place au champ de salades. Pas de lumière aux fenêtres, mais il était… Il consulta sa montre et fut surpris – encore une fois – de voir qu'elle n'indiquait que 4h51 alors qu'auparavant… quoi ? Puis il vit une chose couchée dans le fossé sur sa droite et sourit faiblement. Et voilà, pauvre couillon, pensa-t-il, tu t'es pris une grosse banane dans le brouillard, tu t'es évanoui et t'as fait un Putain de Cauchemar, et avec majuscules, s'il vous plaît ! Il se dirigea vers sa moto pour voir l'état des dégâts, ses pas frappant le bitume en produisant des claquements secs. Il fut si heureux d'entendre de nouveau le son de ses pas – même si de toute évidence, tout cela n'avait été qu'un cauchemar, merci beaucoup – qu'il ne se rendit pas compte que c'était le seul son qu'il entendait.

La moto semblait être en parfait état, mais quelque chose chiffonnait Yann : on aurait dit un jouet. Quelque chose d'inutile, une carcasse. Il s'en voulut de penser comme ça et attribua cela à son cauchemar. Il redressa la moto en grognant sous l'effort, et voulut la démarrer. Rien. Yann entendit la

Bestiole Panique revenir frapper à la porte de son petit bec, de sa patte, ou quoi que ce soit. Ce qui l'inquiétait ce n'était pas tant que la moto ne démarrât pas, c'était plutôt que le bouton du démarreur donnait l'impression de ne servir à rien, de n'être qu'une décoration, un truc collé pour faire joli. Au lieu de s'acharner à appuyer, il mit sa moto sur la béquille et regarda plus attentivement autour de lui.

La lune éclairait faiblement de ses rayons blafards, mais la lumière semblait fade, sans vie. Pire, elle semblait ne même pas provenir de la lune elle-même mais de quelque autre endroit situé ailleurs et donnait à toute chose un coté factice et artificiel. Yann se pencha par-dessus le petit muret de pierres pour regarder le fleuve. La Loire était silencieuse. Non, plus exactement elle était muette. Aucune vague ne venait troubler sa surface parfaitement lisse, de même que le vent semblait inexistant. L'eau ne suivait pas son cours, elle était gelée, fixée comme sur un instantané, immobile et froide. Les péniches faisaient penser à des maquettes qu'on aurait posées sur un miroir pour donner l'illusion de l'eau. Une illusion… le mot lui sembla parfaitement juste, sans qu'il put s'expliquer pourquoi. Le reflet de la lune, parfaitement reproduit sur cette surface aussi lisse qu'une glace, ressemblait à l'oeil de quelque monstrueuse créature.

- Ta gueule, dit-il à la Bestiole Panique qui tambourinait maintenant à grand coups sur la porte et risquait d'affoler la Raison qui avait fini par descendre et nettoyait le bordel du… du quoi ? Du cauchemar ? Ouais, c'est ça. Le Putain de Cauchemar qui continue, dit-il en serrant les dents.

Yann avança sur la route, espérant trouver une maison allumée où quelqu'un pourrait l'aider, et luttant pour ne pas croire ce qu'il voyait et ce que tous ses sens lui indiquaient. Il se retourna nerveusement à plusieurs reprises, persuadé d'être suivi tant l'écho de ses pas résonnait. Il se dit pour se rassurer que ce n'était qu'une impression due au calme qui régnait dans les rues… Ce qui au lieu de le rassurer l'inquiéta davantage. Même à cinq heures du matin, les routes étaient quand même plus animées.

Mais là il n'y avait rien. Pas une voiture, pas une lumière, ni même au loin. Pas un chat, pas un chien, pas un animal. Rien que le vent... Non, c'est vrai, il n'y avait même pas de vent. Et pire que tout, le silence. Un silence oppressant, presque suffocant. Un silence de mort.

La Bestiole Panique réussit à fissurer la porte d'un coup de bec puissant, et il réprima à grand peine une envie de courir en hurlant. Il avait l'angoissante impression qu'ici tout était faux, comme s'il s'était retrouvé à l'intérieur d'une photo du monde prise au Polaroïd. Il résista à l'impulsion de sombrer dans la folie, et préféra écouter la voix de la Raison qui continuait à ranger tranquillement la maison en essayant d'ignorer les grands coups sourds frappés à la porte ainsi que les éclats qui en tombaient.

Il poursuivit donc son chemin.

Après avoir parcouru quatre ou cinq kilomètres sans avoir trouvé ne serait-ce que l'ombre du cul d'une souris, il se retourna encore une fois. Rien. Pas âme qui vive. Tout est mort ici. Tout est figé, fixé comme une image. Tout est vide, inexpressif, morne. Les sons n'existent pas, parce qu'il n'y a rien pour en produire. Les maisons ne semblent pas vides. Elles SONT vides. Cette impression pénible de suffoquer à chaque inspiration est due au fait que même l'air est figé. – Haaaa ! Tais-toi ! Tais-toi ! Yann porta les mains sur ses oreilles et se martela les tempes en fermant les yeux.

Il les rouvrit tout aussi précipitamment en sentant l'épaisse barbe sous ses doigts. Non ! Combien de temps faut-il pour avoir une barbe comme ça ? Cinq Jours ? Une semaine, deux semaines ? Yann ne le savait pas pour la bonne raison qu'il ne l'avait jamais laissée pousser plus de trois jours. La Bestiole Panique finit par faire voler la porte en éclat et se mit à cavaler joyeusement dans tous les sens pendant que la Raison courait après en agitant une pelle avec impuissance.

Ses jambes se mirent en mouvement toutes seules. Il courut de plus en plus vite, ses pieds claquant comme des coups de feu dans la nuit, parcourut ainsi un kilomètre – ou peut-être plus –, puis s'écroula d'un coup sur le sol.

6

Lorsque Yann se réveilla, il crut encore une fois qu'il avait rêvé tout cela. Il se trouvait installé dans un canapé aux couleurs fanées. Un rapide coup d'œil au reste de la pièce lui fit comprendre que si le fauteuil avait cet aspect ce n'était nullement parce qu'il était vieux mais parce que tout ici semblait avoir blanchi comme une photo restée trop longtemps au soleil. Bordel, même la lumière donnait cette impression. Lumière ? Combien de temps avait-il donc dormi ? Puis très vite une autre pensée remplaça celle-là – Comment suis-je donc arrivé ici ? Il se trouvait dans un petit salon, entouré de meubles de style un peu vieillot. Une télévision était coincée dans un angle, ressemblant à une télé autant que sa moto ressemblait à une vraie moto. Il voulut lever son bras mais ce dernier était inerte et pendait mollement. Après un court moment de panique – encore – il s'aperçut qu'il était juste engourdi et que le sang revenant l'irriguer lui provoquait de petits picotements au bout des doigts. Il se leva sur un coude et constata que sa chemise était déchirée et qu'il s'était écorché sur l'avant-bras. Mais comment ? Son attention fut soudain attirée par un bruit. La seule porte de cette pièce était ouverte et donnait sur un couloir. Le bruit venait d'en face, de la pièce de l'autre coté du couloir. Yann s'assit sur le bord du canapé et écouta plus attentivement. C'était une espèce de marmonnement bas et sans fin qui lui fit immédiatement penser – sans trop savoir pourquoi, à Gollum, dans Bilbo le Hobbit.

Il se leva prudemment, conscient de n'avoir toujours rien mangé et de pouvoir tomber à n'importe quel moment, et avança vers le couloir. Il s'agrippa au montant de la porte, jeta un coup d'oeil et vit une autre porte ouverte un peu plus loin en face de lui, sur sa droite. Il marcha jusque là en rasant les murs, plus pour se soutenir que par frayeur, et passa la tête par la porte. Un petit homme maigre se tenait dans la cuisine, affublé d'un t-shirt noir trop grand pour lui et d'un pantalon beige traînant par terre. Il avait une barbe lui couvrant la moitié du visage qui descendait jusqu'à sa poitrine et ses cheveux châtains donnaient l'impression d'avoir été taillés au sécateur par un coiffeur affligé de strabisme. Il s'affairait à préparer un repas avec des gestes secs et rapides et ne donnait pas l'impression de l'avoir entendu, taillant des carottes avec un long couteau d'une bonne vingtaine de centimètres tout en baragouinant. Yann s'approcha peu plus de lui, apparaissant ainsi dans l'encadrement de la porte. Il n'éprouvait pas de peur parce que le bonheur de voir quelqu'un de vivant la lui faisait oublier ; de plus il ne pensait pas que ce petit bonhomme l'avait amené jusqu'ici (si c'était bien lui qui avait ça) pour le tuer. Sinon il l'aurait fait bien avant, n'est-ce pas ? Du moins c'est ce que Yann pensait.

- Heu… Bonjour ?

Le petit homme suspendit tout de suite son geste mais continuait à déblatérer comme un moulin à parole en folie. Il posa le couteau – Yann poussa un soupir mental – et s'approcha de lui tout en se frottant les mains l'une contre l'autre d'une manière un peu compulsive. Il devait faire un mètre cinquante tout au plus et Yann se demanda un instant comment un si petit homme avait bien pu le traîner jusqu'ici. Le marmonnement se fit plus fort, et Yann put y distinguer des mots. Qui plus est, des mots français.

- Bonjour. Oui. Oui, bonjour. Bonjour, bonjour, c'est bonjour qu'il faut dire et quand vient le soir on dit bonsoir. Bonsoirbonjour, bonjourbonsoir.

- Heu… Oui.

- Oui. C'est ce qu'il faut dire. Bonjour. Maman dit que la politesse est très importante et qu'il faut toujours dire bonjour aux gens. Toujours. Et bonsoir, bonjourbonsoir. Et merci,

toujours il faut toujours dire merci. Bonjourbonsoirmerci. Merci, oui.
 - C'est ça... Yann se passa la langue sur les lèvres et tenta d'ouvrir une brèche dans la logorrhée du gamin. Le petit homme avait de la barbe, mais Yann ne pouvait s'empêcher de penser à lui comme à un enfant et lui donna le nom de Petit Bonhomme.
 - C'est toi qui m'a amené ici, P'tit Bonhomme ?
 - Oui. Oui, oui. Il faut soigner l'homme. On t'a amené ici. Je t'ai amené ici. Brouette, porter, lever, basculer, tirer, pousser, monter, descendre, planches, tonneau...
 - Heu, merci, c'est très gentil. Tu... heu... vous avez un nom ?

Petit Bonhomme resta sans rien dire, le fixant d'un regard étrange, puis ses yeux s'agrandirent comme lorsqu'on vous rappelle un vieux truc qui vous était complètement sorti de la tête.
 - Un nom. Oui, un nom, j'ai un nom. Ca c'est sûr. C'est... Il marqua une hésitation, et ses yeux repartirent dans le vague. C'est... écrit. Oui, je l'ai écrit pour ne pas oublier. Ecrire, lire, papier, lettre, le phabet, mot. Oui. Oui, les mots. Les mots sont importants. Mon nom est important. J'ai écrit mon nom pour ne pas oublier. Petit Bonhomme se mit à s'agiter et à regarder vers l'autre porte de la cuisine. Viens, viens voir monsieur. Viens lire mon nom.
 Le gamin lui prit le bras et le tira vers lui. Yann sentit aussitôt le monde vaciller autour de lui et se laissa tomber par terre en glissant contre la cloison. Le gamin se précipita vers la table et en rapporta aussitôt une assiette pleine de petites rondelles brunâtres que Yann supposa être les carottes qu'il l'avait vu en train de couper.
 - Tiens, mange. Il faut manger, ma maman dit il faut manger pour grandir et être en forme. Mange.
 - Merci.
 Il lui laissa l'assiette en acquiesçant puis lui apporta successivement d'autres plats – toujours des légumes, toujours crus, et toujours d'une couleur qu'on aurait pu décrire en

ajoutant « âtre » au bout, voir « asse » dans le meilleur des cas. Le petit homme le laissa manger tranquillement, pendant qu'il s'affairait dans la cuisine en continuant à parler tout bas. Yann ne pouvait déterminer le goût de ce qu'il mangeait, et sa mâchoire lui fit un peu mal au début, mais très vite il se mit à engloutir la nourriture sans saveur et sans couleur – car malgré tout c'était de la nourriture et après tout, il crevait de faim. Lorsque Yann eut fini ses betteraves rougeâtres accompagnées de salade verdâtre et d'une endive jaunasse il commença à se sentir un peu mieux. Ho, pas la grande forme, mais ça suffirait pour le moment, se dit-il. Il posa son assiette et prêta l'oreille au gamin qui se tenait près de la porte et se frottait toujours les mains tout en regardant dehors.

- Parler. Parler, parler. Parler pour ne pas oublier, ne pas oublier, non. Ne pas oublier les mots, les mots. Les mots. Je vais acheter les légumes avec maman, il y a plein de gens, des gens oui, plein de gens qui vont dans tous les sens, et un zavion passe dans le ciel bleu en lui faisant une cicatrice blanche. Blanc, bleu, vert, rouge, jaune, ce sont les couleurs, il y a aussi violet, mordoré, pourpre, doré, blanc, noir, vert, bleu, ce sont les couleurs, il y en a plein. Plein de couleurs, oui, plus de couleurs que de mots pour les décrire. Les mots. Il ne faut pas oublier les mots. Les mots sont importants, ils sont la vie, je ne dois pas oublier les mots. Non. Ne pas oublier les mots.

- Heu… P'tit bonhomme ?

Il se retourna vivement puis vint vers lui en petits pas rapides et nerveux un grand sourire dissimulé dans sa barbe broussailleuse. Yann voulut se lever et le gamin vint aussitôt l'aider.

- Doucement. Il faut bouger doucement. Maman dit que…
- Oui, merci, le coupa Yann.

Le garçon eut l'air un peu surpris, puis repartit aussi sec.

- Excusez-moi, je parle beaucoup, beaucoup, oui. Mais je ne peux pas m'arrêter de parler, il y a si longtemps que je parle maintenant. Je parle pour ne pas oublier, vous comprenez, ne pas oublier les mots. Les mots sont importants, et j'ai peur de les oublier. Chaque fois que je me réveille je sais que j'en ai oublié

un de plus alors je répète sans cesse ceux qui me restent pour ne pas les oublier. Pour rester humain, vous comprenez. Les mots. Les mots pour rester humain, humain. Oui. Pour rester humain. J'ai peur d'oublier, alors je répète sans cesse, je veux me souvenir des zavions, des voitures, de là où j'allais faire les courses avec maman, dans le grand… le… Un éclair de panique traversa les yeux du petit homme. Sa bouche se mit à trembler, bientôt imité par le reste de ses membres.
- le supermarché, lui dit Yann obligeamment.
- Le permarché ! Oui ! Il bondit littéralement en claquant des mains, un sourire rayonnant sur le visage qui lui donnait l'allure d'un enfant.
- Le supermarché, répéta Yann en articulant lentement.
- Su-per-mar-ché. Répéta le petit homme, soudain très attentif, en détachant bien les syllabes comme s'il les savourait. Oui. Oui, oui. Le supermarché, je me souviens !
Il se mit à courir partout en criant « Je me souviens, je me souviens ! », riant et pleurant à la fois. Yann ne put s'empêcher de sourire, et il se prit soudain d'une grande affection pour P'tit Bonhomme. La seconde suivante il riait aux éclats avec lui.

7

Assis sur le perron du devant, Yann Leroy grattait sa barbe en regardant au loin, les yeux dans le vague. Il regardait les rues vides et abandonnées, l'eau endormie dans un sommeil éternel, le ciel figé parsemé des mêmes nuages que tous les jours et toutes les nuits précédentes. Grégory était parti chercher des légumes pour le déjeuner et il entendait ses pas résonner sur le bitume au loin. Grégory… C'est le prénom qu'il avait déchiffré sur les murs sales du garage, tracé à la craie en grandes lettres roses, jaunes, vertes et bleues qui commençaient à s'estomper. Non pas à cause du temps ou de la lumière, mais parce qu'ici tout s'estompait.

Yann ne savait pas depuis combien de temps il était ici – même si un semblant de jours et de nuits se succédait – mais il savait que Grégory y était depuis plus longtemps. Beaucoup plus. Il lui donnait trente ans, à vue de nez, mais comment savoir ? Il avait commencé à tracer des traits devant la porte de la maison depuis qu'il avait atterri ici : un à chaque fois qu'il avait vu la lumière du soleil (mais sans voir de soleil) se lever. Atterri… Oui, atterri lui semblait le bon terme. Il baissa les yeux sur l'allée cimentée et contempla les marques de craie qu'il y avait tracées. Il y en avait treize. Et pourtant d'après sa montre à peine un peu plus d'un jour s'était écoulé. Trente-six heures pour être précis. Treize jours qui lui semblaient déjà une éternité. Il eut alors un pincement au cœur en pensant à Grégory. Le gamin lui avait raconté qu'un soir où il était en vacances chez ses grands-parents (la maison où ils se trouvaient actuellement) il avait été pris d'une envie de pisser - de faire un petit pipi, lui avait-il dit, et sans trop savoir pourquoi il était sorti dans le jardin. Il aimait bien faire pipi dehors et sentir l'herbe sous ses pieds, chose qu'il ne pouvait pas faire en ville chez sa maman. Cette nuit-là il y avait eu beaucoup de brouillard, il avait eu un peu peur et s'était dépêché de terminer. Il avait voulu rentrer vers la maison, quelques gouttes chaudes lui coulant encore sur les cuisses, mais le brouillard semblait s'être enroulé autour de lui comme un drap. Il avait marché un petit peu en essayant de ne pas crier – car il était grand maintenant et pépé et mamie étaient en train de dormir – et puis soudain plus rien. Plus d'herbe sous les pieds, plus de jardin, plus de maison. Grégory avait alors eu très peur et il s'était assis là, au milieu de cette immensité blanche, et avait attendu qu'on vienne le chercher. C'était ce qu'il lui avait semblé le mieux à faire. Et bien sûr, personne n'était venu. Il s'était endormi et, à son réveil, il se trouvait toujours au milieu d'un grand vide blanc, sauf que devant lui s'étendait un immense mur sombre – ce qui donna à réfléchir à Yann. La suite, Yann s'en doutait. Il avait atterri ici, dans ce monde vide et stérile où il ne fait ni chaud ni froid, et il avait continué à vivre parce que des fois c'est tout ce qui nous reste à faire. Il avait atterri ici quand il avait huit ans, et Yann se sentit pris de vertige à cette pensée.

Gregory lui avait aussi raconté qu'avant lui il n'avait jamais rencontré personne d'autre de vivant depuis qu'il était ici. Un jour, pourtant, il avait trouvé un chien, errant dans les rues vides d'un air désorienté. Grégory avait été fou de bonheur mais le chien était mort peu de temps après, refusant de manger. Grégory l'avait alors enterré dans le jardin. Et puis une fois il avait trouvé un oiseau par terre, sur le dos. Il était déjà mort et l'une de ses ailes était dépliée comme un éventail. Et c'était tout.

Yann vit Grégory jaillir d'un champ, son panier à la main, et se mettre à courir dans sa direction en souriant. Il ne le voyait pas d'ici, mais il savait que le gamin souriait et Yann se mit à sourire lui aussi. Maintenant Grégory ne baragouinait plus autant, il semblait s'être calmé, être rassuré. Il l'aimait bien ce petit bonhomme, il l'aimait même beaucoup. Bien sûr, dans une telle situation c'était presque obligé ; ne pas aimé la seule personne vivante à part soi serait du suicide. Mais il y avait autre chose. Grégory courait vers lui, tache de couleur sautillant sur un décor morne et gris. Yann trouvait que la situation empirait. Toutes les couleurs semblaient se fondre en un camaïeu pastel, comme sur ces vieilles photos, comment les appelait-on déjà ? Ha oui, des Daguerréotypes ! Il faudra qu'il dise cela au gamin. Grégory adorait les mots, surtout les mots nouveaux. Grégory lui avait aussi expliqué que ça n'avait pas été comme ça au début. Lorsqu'il était arrivé, ici les couleurs étaient les mêmes que dans *le monde d'avant* – c'est comme ça qu'il l'appelait – et elles étaient restées ainsi pendant longtemps – mais Yann ne pensait pas pouvoir ce fier à un tel mot dans un tel endroit. Puis les choses avaient commencé à changer et à se détériorer – Grégory avait été très fier de prononcer ce mot. Les couleurs avaient perdu chaque jour un peu plus de leur éclat, allant jusqu'à ce confondre comme si le monde avait été pris de daltonisme, et depuis lors le phénomène semblait s'accélérer chaque jour. Même Yann l'avait remarqué. Seul Grégory et lui conservaient leurs couleurs et leur… consistance. Voilà c'est ça. Les choses semblent perdre toute leur consistance et lorsque le processus sera fini, qu'est-ce qui nous arrivera, à nous ? Il ne put mener plus loin sa réflexion, car Grégory, qui venait de franchir les derniers mètres qui les séparaient, se jeta à son cou en riant.

Ils mangèrent en parlant de tout et de rien, car ici le silence vous rendait fou. Ce n'était pas ce fond sonore de la vie auquel on ne prête plus attention, c'était un silence absolu, un silence qui vous hurle dans les oreilles et vous aspire l'âme. Un silence qui vous empêche de dormir. Yann se réveillait toutes les nuits en hurlant, alors Grégory – qui dormait contre lui – lui souriait, comme si le cri au lieu de l'effrayer le rassurait, lui prouvait l'existence de Yann. Yann lui souriait aussi, puis fermait les yeux en attendant le prochain cauchemar.

- Elles sont grises, maintenant. Yann considérait les feuilles de salade qu'il bougeait du bout de sa fourchette. Avant elles étaient verdâtres, maintenant elles sont grises. Comme tout le reste, d'ailleurs. On ne le remarque pas tout de suite parce qu'on s'y habitue petit à petit, comme à une odeur trop forte, où comme l'on ne remarque pas qu'un enfant grandit parce qu'on le voit tous les jours… Mais elles sont grises. Tout devient gris.

Yann marqua une pause, mâchant pensivement son bout de salade grisâtre sans goût, mais qui lui permettait quand même de vivre, et fixa Grégory d'un air sérieux.

- Je pense que tu as raison.

….

Yann avait été réveillé par un cauchemar, comme d'habitude, et il s'était redressé sur le lit, dans la chambre au premier étage de la vieille maison. Ils avaient dormi ensemble dès la première nuit, après que Grégory l'eut conduit faire un tour dans les environs, tout en lui parlant cinq fois plus que nécessaire, quand Yann avait eut repris suffisamment de forces. Grégory avait d'abord survécu avec ce qu'il avait trouvé dans la maison, lui avait-il expliqué, mangeant les conserves froides. Au début les choses avaient du goût et sentaient un peu, mais les odeurs et les saveurs avaient disparues très vite. Après quoi, il avait mangé des légumes et des fruits qu'il allait cueillir aux alentours, et quand ces derniers avaient été épuisés, puisque rien ne poussait – mais d'un autre coté rien ne pourrissait non plus, et je dis Merci, Alléluia – il s'était alors enhardi à rentrer chez les gens. Enfin, dans les maisons vides. C'était très facile, la plupart des portes n'étaient pas fermées, sinon il suffisait de casser une fenêtre. C'est comme ça qu'il avait trouvé un vélo pour augmenter son champ d'action et qu'il avait rencontré le chien. Mais il était toujours revenu à la maison de ses grands-parents. Yann comprenait ça. De ses expéditions, Grégory avait aussi ramené de grandes peluches – un ours brun, un singe orange, un pingouin avec un nœud papillon, des dizaines de poupées et de mannequins et une espèce de gros chat tout rond au sourire bêta. C'était sa famille. Il y avait là Tonton Georges, l'orang-outan, Madame Tarte, l'ours brun –Yann vit le nœud rose sur la tête et comprit que c'était une oursonne – et bien sûr Maman Odile et papa Paul, sous la forme de deux énormes Marsupilamis que Yann n'avait pas vu de prime abord, installés sur des fauteuils de l'autre coté de la pièce. Et le reste c'étaient ses copains et ses copines. Et puis Monsieur Crapaud, là-haut sur l'armoire, mais lui on ne l'aime pas trop, lui avait-il glissé d'un air de conspirateur.

Yann s'était assis sur le rebord du lit – les peluches ayant été reléguées en tas sur les fauteuils – et avait constaté qu'il était seul. Un rapide coup d'œil sur sa droite lui confirma ce que les marmonnements qu'il entendait lui avaient déjà appris. Petit Bonhomme – Grégory, c'est Grégory, s'était-il corrigé – Grégory, donc, se tenait debout face à la fenêtre, l'apostrophant de son éternel babillage.
- Ca y est le jour se lève. Ca c'est sûr le jour est levé, debout, debout le jour. Le jour est levé c'est sûr, mais il n'y a pas de soleil. Plus de soleil. Parti en vacances, en voyage, en mer, en zavion, en bateau.
- Salut P'tit Bonhomme.
- Salut Yann. Bonjour Yann, tu as bien dormi Yann ?
- Oui, Merci. J'en avais bien besoin. Qu'est-ce que tu étais en train de dire, à propos du soleil ?

Grégory avait paru se concentrer, fronçant les sourcils et plissant la bouche, puis s'était lancé.

- Le soleil et la lune sont partis. Partis en voyage tous les deux.

Une vieille chanson s'était alors rappelée à Yann – le soleil a rendez-vous avec la lune, mais la lune n'est pas là et le soleil attend…

- Mais, j'ai vu la lune, hier soir…

- Non, ce n'est qu'une image. Une image, une décalcomanie, un dessin. Et Grégory tendit un doigt vers le ciel. Tu vois ?

Yann comprenait ce que le gamin voulait dire. La lune était toujours là-haut, à la même place, même si une pâle lueur laissait penser que l'aube se levait – une aube délavée. Le même sentiment que la veille l'avait alors frappé, l'impression que la lumière venait d'ailleurs.

- Ce monde est comme une page, la page d'un livre, avait dit Grégory d'une étrange voix sentencieuse. Chaque jour une nouvelle page vient recouvrir la précédente et la lumière passe plus difficilement. Les pages, les pages se recouvrent de plus en plus.

Yann avait été surpris de l'analogie du gamin, d'abord parce qu'il ne l'avait pas cru très intelligent – à sa grande honte – et en même temps parce qu'il avait été frappé par sa justesse.

- Un livre. Une page... Tu penses que c'est ça ? Qu'on seraient bloqués sur une page ?

- Une page, oui. Passée la page, déjà lue la page, finie au revoir la page. On ne relit pas ici. Pas de relecture, non, finie la page, fini de lire, on change de page.

- Et qu'est-ce qui se passe après ? Avait-il demandé en constantant avec effarement qu'il espérait que le gosse allait lui donner la réponse, qu'il donnerait un sens à tout ça, qu'il savait le sens de tout ça.

- Après ? Peut-être pas d'après. Peut-être que quand il y a trop de pages, les dernières se détachent et… la phrase était restée en suspens et les yeux de Grégory s'étaient perdus dans la contemplation de cette lune factice, de cette anomalie en plein ciel, de cet élément de décor – comme la télé, comme la moto, comme tout le reste. Bizarrement Yann y avait vu un espoir, mais très vite il l'avait enfoui au fond de son cœur de peur que de l'exprimer à voix haute lui fasse se rendre compte de la stupidité de la chose.

…

Grégory le regardait toujours, le restant de la boite de raviolis qu'ils avaient trouvée le matin dans une maison au bout de la route des ponts se déversant lentement dans l'assiette grise en un amas grisâtre.
- Je pense que tu as raison, reprit-il. La page est en train de se détacher. Il vit dans les yeux du garçon qu'il le savait lui aussi. Je ne sais pas quand, mais vu comme les choses s'accélèrent, je pense qu'on n'a plus très longtemps à attendre.
- A attendre ce qu'il va nous arriver ensuite ?
- Ca c'est la partie optimiste de l'histoire : qu'il nous arrive encore quelque chose après…

Ils restèrent un moment sans rien dire, puis – ne pouvant supporter plus longtemps le silence – ils continuèrent leur repas en se remémorant leur équipée du matin : comment ils avaient fait semblant d'être des agents secrets comme James Bond, Yann bondissant dans les pièces et se roulant par terre avec un pistolet en plastique, faisant hurler Grégory de rire… et comment ils avaient trouvé un vélo pour Yann, et aussi de nouveaux vêtements pour Grégory… Et les conserves. Même si de toute façon au goût c'était du pareil au même, au moins ils avaient l'impression de manger quelque chose de différent.

Ils jouèrent à la pétanque après manger et évitèrent de parler du fait que même les boules se cognant les unes contre les autres ne parvenaient plus qu'à émettre un faible son étouffé, comme un soupir d'agonisant.

Cela se produisit pendant la nuit.

Yann fut réveillé par Grégory qui lui secouait vigoureusement l'épaule.

- Réveille-toi Yann, réveille-toi ! Ca arrive ! C'est en train d'arriver !

Yann se réveilla sur le champ. Grégory ne le regardait pas, mais fixait le mur en ouvrant la bouche. Yann tourna la tête.

- Ho, bordel.

Le mur n'était plus qu'un filigrane transparent, au-delà on voyait le paysage comme dans un fondu photographique, et même ainsi on remarquait qu'il en manquait des pans entiers, remplacés par de grands vides noirs – que Yann supposa être faits de ces mêmes filaments entrelacés qu'il avait traversés pour arriver jusqu'ici.

Ils se levèrent en même temps et Grégory passa la jambe à travers le lit. Elle s'était enfoncée dedans comme si le lit n'avait été qu'un hologramme.

- Sortons, vite ! Yann prit la main de Grégory et s'apprêtait à fuir avec lui lorsque le gamin le retint.

- Attends !

Yann lui jeta un regard surpris.

- C'est trop tard.

Le mur avait complètement disparu, au dehors le paysage se diluait comme une peinture plongée dans un bain de solvants et la chambre elle-même semblait se racornir comme une photo qu'on brûle. De grandes taches noires s'élargissaient aux quatre coins et se rejoignaient en un point dont ils étaient le centre. Grégory serra Yann plus fort contre lui et Yann fit de même. Et enfin, le vide les rejoignit. Puis le noir absolu. Ils ne fermaient pas les yeux mais c'était tout comme. Le vide infini les entourait et ils avaient cette bizarre sensation de chute. Ils s'évanouirent.

8

Yann se réveilla le premier. Il était allongé sur le parquet d'une chambre qu'il connaissait, mais qu'il n'avait jamais vu avec ces couleurs. Des couleurs qui faisaient presque mal aux yeux par leur éclat. Un vacarme assourdissant lui emplissait les oreilles et il lui fallut un moment pour se rendre compte que c'était simplement les bruits de la nuit. Une foule d'odeurs se bousculait également à ses narines et faisaient la queue pour informer le cerveau de leur présence. Des sons, des odeurs, des couleurs. Il n'osa y croire. Il se tourna sur sa gauche et vit Grégory qui était allongé par terre, la tête au creux de son bras. Yann le secoua comme lui l'avait fait peu de temps auparavant et Grégory ouvrit les yeux. Il voulut parler, mais se figea après avoir jeté un coup d'oeil autour de lui. Il se mit à renifler et des larmes perlèrent à ses yeux, puis dévalèrent le long de ses joues. Il se jeta contre Yann et l'entoura de ses bras.

- Est-ce que… est-ce qu'on est…

Yann regarda sa montre, elle indiquait 5:05, deux jours plus tard que celui si lointain où il était parti de chez lui. Tout, autour d'eux, semblait solide et réel. Les sons leur parvenaient clairement, les odeurs les agressaient presque de leur puissance, même l'air semblait avoir du goût, bordel ! Yann lui sourit. Bien sûr, il faudra expliquer ce qu'il faisait là, il faudra surtout expliquer ce que ce garçon de trente ans, disparu on ne sait quand ni comment, faisait là, et où il était passé durant tout ce temps, et aussi pourquoi tous les deux ressemblaient aux rescapés d'une île déserte ou d'une expédition sauvage. Oui, il y aurait beaucoup de choses à expliquer, ou à inventer. Mais pour l'instant tout ça n'était pas important. Pour l'instant une seule chose l'était et Yann serra Grégory plus fort contre lui.

- Oui. Oui, P'tit Bonhomme, dit-il en pleurant lui aussi. Je crois…. Je crois qu'on est de retour à la maison.

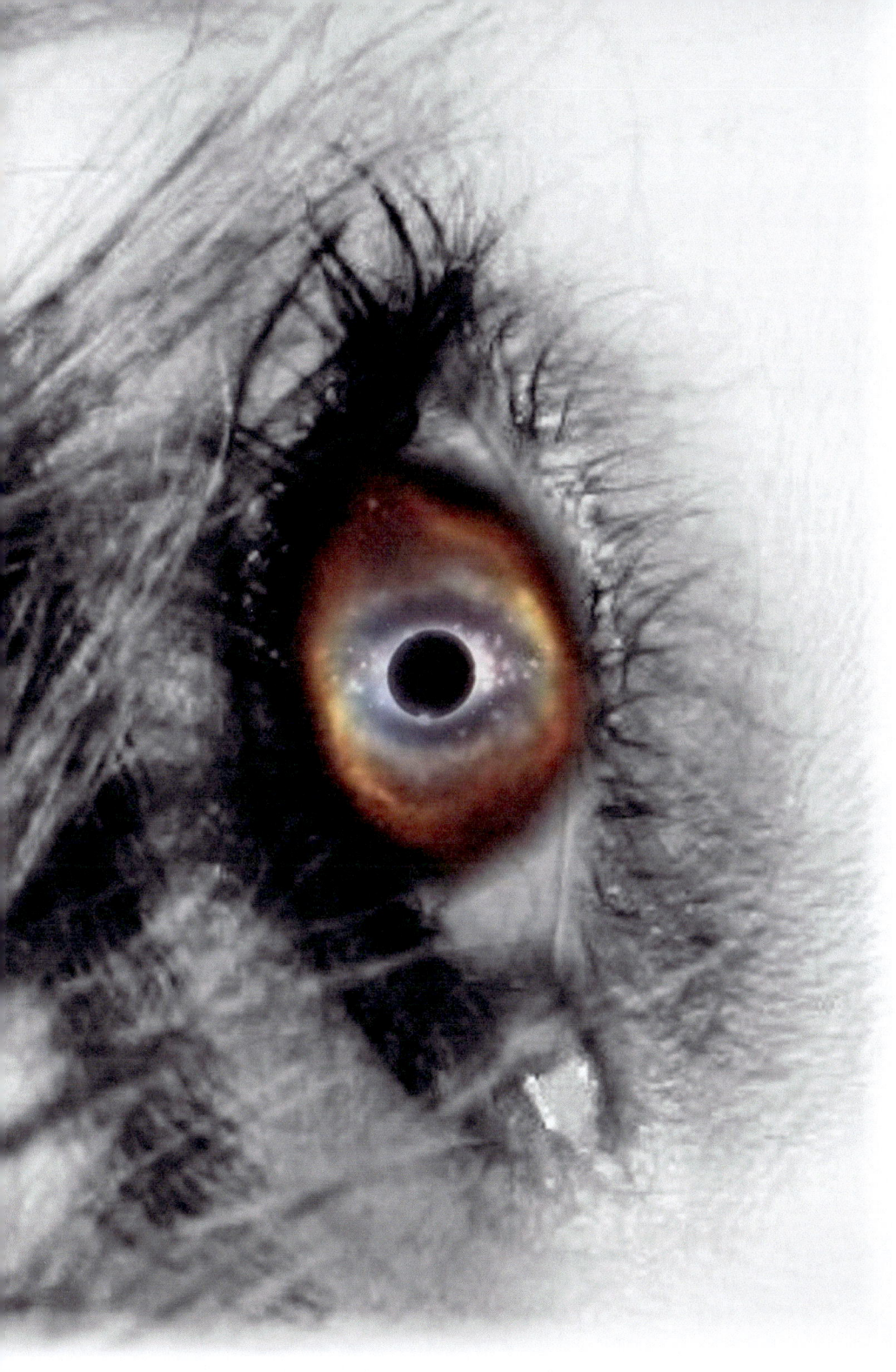

Karine

Je pourrais tuer, pour elle.

D'ailleurs, c'est ce que j'ai fait.

1

C'est bizarre la vie. J'ai déjà connu une fille qui s'appelait Karine, il y a longtemps. Elle avait les même yeux, le même sourire, mais ce ne peut pas être elle, c'est impossible. Elle est morte. Je me souviens, c'était il y a.... Dix-sept ans. Juste avant qu'on ne me mette dans une institution spécialisée. Les autres gosses n'arrêtaient pas de me traiter de débile, d'attardé, de mongol, et ils me disaient que je n'avais rien à faire avec eux, que si j'étais arrivé en C.E.1., c'était parce que mes parents avaient payé le directeur. C'était vrai. Ils auraient continué si le choix de l'école spéciale ne s'était pas imposé de façon incontournable. C'était mieux pour moi, je n'avais plus à supporter le regard des autres - c'était ça le pire de tout, l'impression d'être une bête de cirque.

2

Un jour on m'a donné un boulot, dans un Centre d'Aide au Travail, c'est marrant au début, on colle des étiquettes sur des boites ou on met des bonbons en sachet, ça dépend des semaines. J'ai eu une chambre aussi : MA chambre, dans un foyer de Jeunes Travailleurs. J'avais plein de voisins, et des voisines aussi. C'est comme ça que j'ai connu ma deuxième Karine, un soir où je dînais seul dans la cuisine de l'étage. Elle est entrée et, comme elle était nouvelle, elle m'a demandé si elle pouvait se servir de la plaque chauffante, je lui ai dit « Bien sûr, c'est une cuisine pour tout le monde ! » Ca l'a fait rire. Alors elle a amené son matériel - casserole, sel, poivre, couteaux ...-, elle a préparé son repas (des saucisses avec de la purée, je crois.), et on a discuté pendant une bonne partie de la soirée. C'est comme ça que je l'ai rencontrée, et c'est comme ça que je me suis aperçu combien elle ressemblait à celle que j'avais connu autrefois. Les mêmes yeux, le même sourire… Mais ce ne peut pas être elle, c'est impossible.

A l'école, ma première Karine prenait toujours ma défense, « C'est pas d'sa faute s'il est un peu lent ! » Les autres riaient encore plus. Elle ne comprenait pas pourquoi et continuait de plus belle, augmentant mon calvaire à chacune de ses paroles. Et plus elle me défendait, plus les autres riaient « Arrêtez ! Si vous croyez que c'est facile pour lui d'être ce qu'il est ?! » Il arrive un moment où l'on ne peut plus supporter certaines choses. Je la détestais pour ça mais je l'aimais aussi, bien sûr. Au fond, elle avait bon coeur, elle ne voulait que m'aider. Elle était juste un peu naïve - comme toutes les fillettes, je suppose -, mais je crois qu'elle m'aimait bien. Vraiment. Parfois, il m'arrive de regretter de l'avoir poussé par dessus le pont, un matin d'hiver. Parfois, j'arrive à me persuader que ce n'était qu'un accident, comme tout le monde.

3

J'étais heureux. J'avais un boulot, une chambre, et une nouvelle Karine. Tous les soirs nous passions de bons moments, discutant de ce que nous faisions pendant la journée, des informations que la radio diffusait (au départ nous ne l'avions emmenée que pour avoir un fond musical), de tout et pratiquement rien. Ces instants étaient magiques. Puis IL est arrivé.

Au début j'ai cru que c'était son frère qui lui rendait visite. Elle m'en avait souvent parlé « Tu verras, il te plaira beaucoup j'en suis sûre, il dit toujours qu'il doit venir me rendre visite, mais il n'a jamais le temps ! », et elle terminait sa phrase par un petit rire qui me donnait une envie de sourire irrésistiblement et de la serrer contre moi. Mais je dus très vite changer d'avis. C'était un grand gaillard un peu maigre, au visage taillé au couteau surmonté d'une coiffure qui se voulait « cooool ! » mais qui lui donnait plutôt l'air d'une fouine mal coiffée. Nous nous sommes serré la main. Il avait de longs doigts fins et les mains moites. J'aime pas les mains moites. Karine m'a présenté, puis me l'a désigné, lui, sous le nom de Jean-Patrick (pfft ! Ridicule, j'ai pensé. Et je n'étais même pas jaloux. Pas encore). Elle a cru bon de rajouter « C'est mon copain. », les yeux légèrement teintés de regrets, comprenant le mal qu'elle me faisait - la traîtresse ! Tout d'abord je trouvais que finalement son prénom lui allait à ravir – une belle tête de nœud... même si pour moi désormais il serait Lafouine (comme le personnage de bande dessinée, qui lui ressemblait un peu d'ailleurs) puis, après qu'il l'eût embrassée - comme s'il voulait souligner par là ce qu'elle venait de dire (des fois que je n'aurais pas bien compris) tout en me signifiant « Halte là ! Chasse gardée ! », je trouvais que cet enfoiré ne la méritait pas. « Tu viens manger avec nous ? » demanda-t-elle avec son sourire auquel je ne pouvais répondre non. Je répondis donc « Oui, si tu veux. » Ce furent les deux plus longues heures de ma vie.

Au fur et à mesure que les minutes passaient, mon coeur se remplissait de peine, comprenant petit à petit que j'étais sur le point de la perdre, puis que je l'avais déjà perdue, et enfin que je ne l'avais jamais eue, en fait. J'avais l'impression que l'intérieur de mon corps se recroquevillait sur lui-même, comme pour se cacher. Ma joue était parcourue d'un léger tremblement nerveux, et au tout instant j'avais l'impression que j'allais me briser en sanglots. Je me rendis compte à cet instant que je l'aimais comme jamais encore je n'avais aimé quelqu'un. A un point tel que la peine fut bientôt remplacée par la rage. De quel droit pouvait-il me la voler ? Il croyait sans doute que je n'allais pas me battre pour elle ? Que j'allais la laisser partir sans rien faire ? Lourde erreur mon gars.

Je dus supporter leurs clins d'oeil complices, leurs échanges de sourires, leurs jeux. Mais par-dessus tout, j'éprouvais pour lui un sentiment violent, quelque chose d'ancien, de primaire. Je le haïssais à un point inouï, au-delà de toute compréhension. Je le haïssais lorsqu'il prenait Karine sur ses genoux, lui entourant la taille des mains, et plongeait sa bouche crasseuse dans son cou comme un vampire assoiffé. Je le haïssais tandis qu'il continuait dans un bruit de sucion, ignorant les petits mouvements gênés de Karine qui le repoussait timidement tout en essayant de ne pas croiser mon regard. Je le haïssais lorsqu'il cherchait la moindre occasion pour la toucher quand elle lui tendait quelque chose ou passait à coté de lui. Mais surtout, je le haïssais pour ce qu'il était : un rival. La soirée se termina - enfin ! -, et je regagnai ma chambre sans même embrasser Karine sur la joue pour lui dire au revoir, le coeur plein d'amertume, une rage incoercible bouillant au plus profond de moi.

Le soir du 10 mai (deux semaines après cette joyeuse soirée), fut pour moi l'occasion tant attendue de me venger. Il devait être presque dix heures du soir, lorsque je fus réveillé en sursaut par un excité qui hurlait dans le couloir. Je reconnus tout de suite ce ton de voix suffisant aux accents légèrement perchés : c'était lui, cherchant sans aucun doute à rentrer chez Karine.
« Ouvre cette porte. Je te promets que je ne ferais rien. » Le silence lui répondit.
« Je veux juste parler avec toi. Je ne te dérangerais pas, j'te jure... Allez, ouvre... » Encore quelques secondes... « T'es même pas obligée de me parler si tu ne veux pas, mais laisse-moi entrer... Tu vas pas me laisser dehors quand même ... »
Il continua ainsi quelques instants, essayant tour à tour dans le plus pur style Faux-Cul les supplications et les jérémiades, jusqu'à ce qu'une voix fatiguée vienne briser ce flot de paroles venant et s'en allant comme des vagues. « Va-t-en... je... je ne veux pas... Je ne veux plus... te voir. »

A ces mots, quelque chose explosa dans ma tête comme une supernovae, brouillant toutes mes pensées d'un voile rouge. Je sentis mes muscles se raidirent, et me levai de mon lit avec des gestes saccadés de robot.

« J'te jure que je bougerai même pas... Allez sois sympa.
- Non... Non, va-t'en. C'est mieux, pour nous deux. » Dit-elle en essayant de masquer - sans succès- les tremblements de sa voix.
- Tu le prends comme ça ? Très bien. Je compte jusqu'à trois et je défonce ta porte. Tu m'entends ? Je ne plaisante pas. J'en ai rien à foutre. » Sa voix puait maintenant de contentement, masquant à peine le relent de gaîté perverse de celui qui s'apprête à user de violence avec un plaisir animal.

« Un... Deux... Trois. »

Le dernier chiffre fut ponctué d'un énorme Bang sonore, résonnant dans le couloir en se répercutant sur les murs. Devant le manque évident de réaction du parti adverse et, fait moins surprenant, l'indifférence totale du reste de l'étage, il recommença l'opération. Une deuxième détonation parcourut le palier. Ce week-end, le 8 mai était tombé un vendredi, et l'étage était désert mis à part Karine et moi. Même Bertrand, de la permanence, était parti voilà deux heures. Karine était là parce que son travail n'était pas de ceux où le mot « férié » veux dire quelque chose, et moi j'étais là parce qu'elle était là. Je sortis sur le palier, portant un caleçon long d'un marron uni, et un t-shirt spécifiant « Chicago Bulls Rules ! » avec une tête de vache marrante.

« Alors, dit-il avec une légère pointe d'énervement noyée par la jubilation que lui procurait la situation. Tu ouvres ?
- ...
- D'accord, je continu ... » Suivit un *Bang* ! Différent des autres, se terminant sur un craquement.

« Arrête, gémit-elle.
- Pas de problème, j'attends que tu ouvres, c'est tout. » Il devait être sur le point d'éclater sous l'effet d'une espèce d'exultation sadique.

« Non, dit-elle d'une voix à peine audible. Je... je ne veux voir personne ce soir... Ni toi, ni qui que ce soit...

Bangcrrr !

- Je te préviens : je casse ta porte...

- Casse sa porte, et je te casse la tête », fis-je d'un air de défi, en gardant ma main droite derrière mon dos.

Lafouine se retourna vivement, surpris que quelqu'un vienne le provoquer sur son territoire. Il devait faire une vingtaine de centimètres de plus que moi, et se dressa sur eux pour me jauger à l'aune de sa grandeur. Le sourire qu'affichait son visage avait disparu, laissant la place à une sincère stupéfaction. Le sang bouillait dans mes veines, et celle de ma tempe battait la mesure comme un métronome pris de folie. Je sentais la tension de mes muscles à la limite du tremblement et le voile rouge devant mes yeux se fit plus sombre.

La demie seconde de surprise comique qu'il avait affichée fut rapidement remplacée par une agressivité glacée lorsqu'il me reconnut.

« Pour qui tu te prends ? aboya-t-il ?

- La question est : qui es-tu, toi, pour venir foutre le bordel dans un établissement privé et déranger la tranquillité de ses occupants. »

Je reconnais que ce n'est pas la meilleure réplique qu'on ai jamais entendu, et je suis sûr qu'avec un peu de temps j'aurais pu trouver quelques chose de mieux, mais j'avais déjà entendu ça dans un film, je crois. Enfin, je pense que c'est surtout sorti de ma bouche pour m'interdire tout retour.

La colère disparut progressivement de son visage pour se transformer comme par morphing en une expression étrange mêlant l'ahurissement et l'hilarité. Sa joue fut prise d'un léger tic, puis il partit d'un grand rire un peu sauvage.

« Pffou ! siffla-t-il ironiquement, mais on dirait que je suis tombé sur un balèze. J'en tremble de peur. Je vais vite partir, maintenant, dit-il en imitant le timbre geignard d'un gamin.

- Laisse-la tranquille.

- Non mais, ça va ! Allez tire-toi, connard, c'est pas tes affaires...
- Je pense que si.
- Je pense que si ! Tu te crois dans une cour de recrée ? Allez, l'abruti, casse-toi... Je ne voudrais pas avoir à te faire mal.
- Mais tu fais du mal à Karine.
- Haaa. Voilà. Je me disais aussi. T'as le béguin ! On est amoureux ? On n'est n'amoureux de la p'tite fifille ?
- Laisse-le Jean-Patrick, il n'a rien à voir avec ça. » La voix de Karine leur parvint de derrière la porte. Elle était claire, mais on y sentait aussi la peur poindre sournoisement son museau.
« Ha ! Tu me parles maintenant ? Mais là, tu vois, c'est moi qu'ai plus envie. Je parle avec mon nouvel ami, tu permets ? »
Il se tourna vers moi, approchant sa main de mon épaule.
« Hein, qu'on est pote ? Tu veux bien m'aider à la faire sortir ? Si tu m'aides je te donne un bon chocolat ! T'aime ça le chocolat ?
- Ne me parle pas comme si j'étais stupide, et casse-toi », dis-je en secouant mon épaule tout en prenant garde de bien laisser ma main derrière mon dos. De mon autre main je le repoussais contre la porte.
« Hey ! Qu'est-ce tu me fais toi ? Tu me touches pas comme ça, Rain Man ! Recommence ça, et je t'explose.
- Ne le touche pas, je te le défends, gémit Karine depuis sa retraite.
- Tu me le défends ? Voyez-vous ça...
- Non, je veux dire... je t'en prie...
- Je préfère... Et bien laisse-moi entrer ! Tu sais comment me calmer, non ? Tu ne veux pas que je me calme ?
- Je... D'accord, capitula-t-elle soudainement avec une grande tristesse. D'accord, mais ne le frappe pas.
- NON ! N'ouvre pas, Karine ! », criais-je sans réfléchir. Lafouine se retourna tout de suite vers moi, avec un mouvement me rappelant un serpent que j'avais vu dans une émission télé.
« Bon, ça suffit Superman, maintenant tu rentres chez toi où je t'en colle une sérieuse. Je rigole plus.

- Rentre, je t'en prie. Ca va aller… » , m'adjura Karine d'une petite voix, alors que parvenait le bruit de la clé venant gratter la serrure avant de s'enclencher.

« Karine, tu laisses cette clé, je te défend d'ouvrir. », dis-je d'un ton sans réplique, me surprenant moi-même. Le bruit de grattement resta en suspend.

« Ma parole ! Mais c'est que t'en as du courage pour un siphonné de la caboche… ou alors c'est de l'inconscience ? Je crois que tu connais pas trop la vie mon gars, mais je crois surtout que moi, tu me connais pas du tout. Alors maintenant tu dégages, parce que là j'ai vraiment les nerfs à vif. »

Je ne lui dis rien. Je ne bouge pas. Pas un bruit ne vient non plus de derrière la porte.

« Si tu ne disparais pas tout de suite de ma vue je vais *vraiment* faire un carton sur ta p'tite gueule de crétin. Tu piges ou pas, BORDEL DE CINOQUE ? !

- Je ne pars pas, tant que tu ne pars pas.
- Non, mais c'est quoi ça ? Casses-toi ! C'est ma copine, j'en fais ce que je veux, O.K. ? Qu'est-ce que ça peut bien te foutre, hein ? ! Vous avez fait des trucs ensemble ou quoi ? »

Mon silence lui répondit. Son imagination de fou furieux fit le reste. Ses joues s'empourprèrent tandis que ses yeux s'étrécirent et que son esprit s'en allait dire un petit coucou à Madame Folie.

« Mais quel con ! Mais quel *CON* ! Vous vous foutez bien de ma gueule, tous les deux ! Il envoya brutalement son poing contre la porte, y laissant une petite marque, et se mit à crier.

- Vous avez fait des trucs ensemble ? Hein ? C'est pour ça que tu te caches ? T'as honte ! *BANG* !
- Arrête ça. »

Il se retourna pour me faire face, arborant le genre de sourire qu'on ne rencontre qu'au fond de la mer et généralement surmonté d'un aileron.

« Et tu vas me faire quoi, Monsieur le Grand Redresseur De Tort Mondialement Connu ? »

Je ne lui répondais pas, me contentant de le fixer. Devant mes yeux le voile devint d'un rouge plus profond, pourpre, s'obscurcissant un peu plus. Monsieur Fou Furieux s'engouffra alors dans un babillage haineux comme un représentant chez une petite vieille.

« Vous avez fait quoi ensemble ? Bah, sûrement pas grand-chose ! Qu'est-ce qu'un pauv' attardé comme toi doit pouvoir faire, hein ? Tu dois même pas savoir à quoi te sert ce que tu as entre les jambes à part pisser, je me trompe Mongolito ?
- …
- Non, hein… Alors quoi ? Vous vous êtes pelotés c'est ça ? Ca t'a fait quoi ? T'as eut la bistouquette toute dure ? T'as eu la gaule, Mongol ? Hein ? ! T'as eu la trique de ta vie ? *Et toi, ça t'as fait mouiller, salope ? !*
BANGCRRRR !
- Et après ? Vous avez joué à touche-pipi ? Peut-être même… »

Je restai impassible, laissant sa colère s'alimenter toute seule. Laissant la mienne faire de même. Soudain toute couleur disparut de son visage, laissant juste deux tâches d'un rouge vif sous ses pommettes. Il se retourna vivement vers la porte pour la cogner de toute sa rage et un craquement audible se mêla au coup formidable lorsque des fissures apparurent autour de la serrure.

« T'as fait quoi avec lui, sale pute ? !, éructa-t-il en postillonnant. Tu voulais savoir ce que f'sait de le faire avec un débilos, c'est ça ? Réponds-moi salope ! *BANG !* C'est ça, HEIN ?! Une petite pute comme toi voulais bien savoir ce que ça faisait… » Il s'arrêta net au milieu d'un grand bruit mat et mou un peu écoeurant, comme une noix de coco enrobée de mousse qu'on pulvériserait d'un grand coup de masse. Devant mes yeux le voile était devenu d'un noir absolu, et ma main droite n'était plus derrière mon dos.

4

Je ne lui ai plus jamais parlé après ça. Je ne l'ai même jamais revue. Sa porte est restée fermée jusqu'à ce que les sirènes se fassent entendre, jusqu'à ce qu'on vienne me chercher, jusqu'à ce que je sois très loin d'elle.

Lorsque le voile s'est déchiré, j'entendais des cris derrière sa porte, des cris hystériques mêlés de sanglots ressemblant à des hoquets. J'ai voulu lui dire quelque chose comme « tout va bien. C'est moi. C'est fini, il ne peut plus te faire de mal maintenant. » J'ai voulu la réconforter, mais ILS sont arrivés, et ILS m'ont emmené. Il y a eu une espèce de procès, très court. Le marteau qui avait servi à disperser le contenu du crâne de Lafouine sur le carrelage aurait pu appartenir à n'importe qui, mais pas les empreintes qui étaient dessus.

J'ai une nouvelle chambre maintenant. Elle est plus petite qu'au foyer de jeunes travailleurs, et n'a qu'une fenêtre qui ne donne pas assez de lumière. On laisse tout le temps allumé. Elle est plus petite mais les meubles sont plus solides, et en plus ils sont fixés aux murs et au plancher, comme ça on ne peut pas me les voler. Elle est mieux insonorisée aussi, c'est parce que les murs sont capitonnés. L'immeuble est construit sur une colline, c'est très haut, et il ne faut pas tomber des fenêtres, c'est pour ça qu'elles ont des barreaux. La bouffe est correcte et je n'ai pas à me servir, on me l'apporte jusque chez moi. En plus il y a toujours de drôles de bonbons de toutes les couleurs. J'aime bien ça. Les gens sont plutôt gentils, mais ils sont trop sérieux, on peut pas s'amuser avec eux. Avant c'était un peu ennuyeux, mais depuis quelques jours j'ai le droit d'avoir du papier et des crayons. Alors j'écris mes souvenirs avec Karine. Ce n'est pas facile, car tout se mélange dans ma tête. L'autre jour quelqu'un m'a dit que Karine, ça ne s'écrivait pas comme ça, qu'il fallait mettre un « C ». Il y a vraiment des gens bête par ici.

Les journées passent vite, mais le soir... Je suis de nouveau tout seul. Maintenant plus que jamais.

La dernière Tempête

Jeudi 27 Juillet.

    Voila cinq jours que la pluie n'arrête plus de tomber. Une pluie incessante et insidieuse. Elle se faufile partout et déjà plusieurs maisons ont leur rez-de-chaussée inondé. L'été s'annonçait pourtant bien, mais cet orage est vraiment le pire de tous. En comparaison de celui-là, les autres n'ont pas eu plus d'effet qu'une pissée de chat. Et pourtant, en soixante-seize ans d'existence sur cette vieille terre, j'en ai vu des orages. Mais des comme celui-là, jamais. Les gens de l'île commencent à s'inquiéter. Moi aussi. Heureusement que la maison est bâtie sur une hauteur.

    Le gars d'la Météo, à la télé, il dit que la violence de l'orage est due à une dépression qui ferait d'la résistance face à l'anticyclope des Açores - ou quelque chose comme ça -, et qui va persister encore un jour ou deux avant de se dissiper. N'empêche que ça fait cinq jours qu'il pleut, sans interruption. Même pas eu une minute de répit, ne serait-ce que quelques secondes. Dans le village, des rumeurs commencent à circuler.

Samedi 29 Juillet.

    L'air est lourd et suffocant. Rien que d'aller à l'épicerie d'Anselme, j'étais en sueur. Il est vrai qu'avec la pluie, personne ne l'a vraiment remarqué. Mais moi, la fatigue je l'ai ressentie. Le ciré me collait à la peau, et j'avais l'impression d'être dans un de ces caissons dont les femmes se servent pour maigrir. Ajoutez à ça la pluie qui vous martèle le visage, dégoulinant sur le menton et s'infiltrant dans vos vêtements, et les courses quotidiennes deviennent un parcours du combattant. J'ai décidé de n'y aller plus qu'une, voire deux fois par semaine. A mon âge, je ne peux plus me permettre cet exercice par un temps pareil.

J'ai rencontré la veuve Félix. Elle m'a dit que sur le continent les nouvelles n'étaient guère meilleures. Là-bas aussi les maisons côtières sont inondées, et l'orage se déplace vers l'intérieur. En fait, aux informations, j'ai appris que l'orage ne se déplaçait pas, mais qu'il s'étendait de plus en plus. Bref, son fils lui a dit qu'il ne pourrait plus venir la voir avant un bon bout de temps, puisque les autorités locales menacent de fermer les ponts qui nous relient au continent. Ha, bah ! On verra bien…

Lundi 31 Juillet.

Comme toutes les semaines, le petit Fabrice (je dis petit, bien qu'il ai quand même quarante-deux ans, mais son père et moi étions de vieux amis, et je me rappelle encore l'avoir fait sauter sur mes genoux lorsqu'il était gamin), bref, le petit Fabrice est venu m'apporter une caisse de patates, de haricots verts, et quelques melons. Les derniers de la saison, m'a-t-il dit. Avec cette saloperie de temps les récoltes vont en prendre un sacré coup. Il m'a aussi confié que c'était la dernière fois qu'il venait avant longtemps. La décision a fini par être adoptée, et les ponts vont être coupés d'ici la fin de la journée. Il m'a dit de prendre soin de moi, que j'étais comme un second père pour lui, et toute ces sortes de conneries. J'écris ça, mais en fait je l'aime bien, moi aussi. Il est comme le fils que j'ai jamais eu. Mais il n'est pas question d'lui dire. On s'est dit au revoir et il est reparti.

Le gars d'la Météo ne sait plus quoi dire. Sa tempête ne s'est toujours pas dissipée, et au contraire gagne l'intérieur des terres. En fait, même, on serait comme qui dirait au milieu de l'orage, dont un bras part vers l'Est, et l'autre traverse l'Atlantique. D'après l'autre chaîne, ils disent même que Terre Neuve n'en mène pas large, alors que la côte Est Américaine commence à s'inquiéter.

Mercredi 2 Août.

J'suis retourné chez Anselme aujourd'hui. Est-ce que c'est une impression, ou il commence à faire de plus en plus froid ? Mine de rien ça fait un bail qu'on n'a pas vu le soleil. Il est pratiquement toujours caché par d'épais nuages sombres, et l'on a le sentiment permanent que la nuit ne va pas tarder à tomber à n'importe quelle heure de la journée.

Le magasin était presque vide. Anselme, il m'a dit que les gens paniquaient. Ils ont fait des achats monstrueux de l'autre coté avant que les ponts ne soient interdits, et maintenant ils lui dévalisent son magasin. Mais lui, il a une petite réserve derrière, et ce qu'il y a dedans, il ne le vendra jamais. Il garde ça pour lui, au cas où.

Le Père Fouais (ou Père Fouettard, comme l'appelle le plus souvent les gamins dans son dos) commence à nous parler d'Apocalypse, et du Jugement de Dieu. D'après lui, la race humaine ayant trop pêché, se retrouve punie, et, comme dans la Bible, un déluge est en train de purifier la surface de la Terre. Il nous gonfle vraiment, mais malheureusement il a réussi à convaincre pas mal de monde. Une psychose collective emplie d'un certain fatalisme est en train de se répandre comme une traînée de poudre à travers le village, rongeant comme un rat affamé le moral des habitants.

Samedi 5 Août.

J'ai rallumé le chauffage aujourd'hui. Le mercure a drôlement chuté en deux jours. C'est vraiment le cas d'le dire, qu'il s'est cassé la gueule. On est rendu à huit degrés, et il continu de baisser. A la télé ils sont incapables d'expliquer d'où peut provenir toute cette flotte. Et surtout la rapidité et la violence du phénomène qui ne cesse de s'amplifier. Y'en a pour dire que c'est de notre faute, avec toutes nos saloperies d'expériences et de nucléaire et de machins contre l'environnement, qui ont fini par l'détraquer. La terre se venge, qu'y disent. Moi je m'en fous, je les laisse dire, ça change rien.

Les deux fronts continuent de se propager à travers le pays. Le bras Est a atteint la Pologne et continu de s'élargir, alors que les Etats-Unis sont maintenant touchés de plein fouet par le bras Ouest. C'est comme si la tempête cherchait à enlacer la Terre dans une dernière étreinte.

Reprenant le refrain du Père Fouettard, les émissions religieuses s'en donnent à coeur joie, faisant le pendant de ceux qui préfèrent en rejeter la faute sur la science. Quoi qu'il en soit, même toute cette flotte n'aura pas réussi à éteindre les braises de ces vieilles querelles. Au contraire…

Samedi 12 Août.

Dédé Lapointe est venu. Voilà une semaine que je n'avais plus vu personne, ça m'a fait plaisir. Il m'a dit que le tournoi de pétanque qui devait se dérouler demain a été annulé. La salle est inondée. A vrai dire je m'en fous, et lui aussi. Mais je vois bien qu'il s'inquiète pour moi, et c'est gentil à lui de penser à mon foutu amour-propre de Vieux Bouc Solitaire Qu'a Besoin De Personne. Il a repris son anorak en me disant que c'était bien la première fois qu'il le mettait en plein été, et qu'il allait même sûrement se rajouter un pull. Je n'eus aucun mal à le croire : le thermomètre indique deux degrés.

Robert est venu me rendre visite aussi. Décidément, ce fut un samedi bien rempli. La situation l'inquiète -comme tout le monde-, et il m'a raconté qu'hier soir, dans la nuit, il avait cru voir de la neige. Je lui ai demandé s'il n'avait pas plutôt confondu la fenêtre avec sa télé, mais j'ai tout de suite vu qu'il ne plaisantait pas. Son expression m'a fait froid dans le dos, et nous avons arrêté là ce sujet de conversation. Je lui ai servi son vin chaud et nous avons bu en silence.

Lorsqu'il est parti, ça m'a fait un drôle d'effet. Je n'irais pas jusqu'à dire que j'ai eu l'impression que je n'allais plus jamais le revoir, mais ça m'a fichu un sérieux coup au moral. Ça doit être à cause de ces foutues bourrasques qui viennent cogner contre les carreaux en sifflant. Ça vous tape sur le système aussi sûrement qu'un troupeau de commères en plein concours de langue de vipère.

Lundi 14 Août.

Robert avait raison. La neige a commencé à tomber hier soir de façon plus continue, et depuis elle n'arrête pas. Je me demande si je ne préférais pas la pluie. Les chaussées sont encore humides et deviennent verglacées. Il devient très dangereux de sortir. Je vais quand même tenter d'aller voir Anselme cet après-midi. Les conserves s'épuisent, et le cageot de légumes aussi. Il a réussi à se ravitailler encore une fois, en prenant son bateau et en faisant plusieurs allers-retours avec ses fils. Je vais essayer d'en prendre le maximum. Malgré ce que j'en pense, je crois que je vais finalement moi aussi tomber dans la psychose.

Mardi 15 Août.

Jour de Fête. Youpi !

Le magasin était vide. La porte était fermée, et les rues désertes. Une espèce de boue blanchâtre recouvre les rues, et seuls quelques rares véhicules se risquent encore à rouler. On a vraiment du mal à croire qu'on est en plein été. La neige tombe toujours et recouvre presque aussitôt les traces de pneus. Je suis passé par derrière, heureusement Anselme était chez lui. Il a d'abord rechigné, mais a finalement consenti à me céder une part de ses précieuses denrées (après tout, si son père a toujours ses deux jambes c'est quand même grâce à moi). Il m'a confié que la veuve Félix s'était cassée une patte en tombant, ainsi qu'Honoré, le garde-champêtre, sauf que lui c'est l'épaule. Il parait que le Docteur Gourdin est débordé : fractures diverses, pneumonies, grippes et autres fièvres.

Une autre rumeur commence à prendre forme : Il paraîtrait que se sont des essais d'armes chimiques qui auraient déclenché ça. Ou alors une expérience qui aurait mal tourné. Bref, comme d'habitude on cherche un coupable. C'est trop horrible de se dire que des choses comme ça arrivent sans raison - en tout cas, pas pour les raisons que brandissent les Curés-De-Mes-Deux de l'autre coté du ring (Pardon Mon Dieu, ça n'a rien à voir avec Vous). Pour moi, ces mecs-là ont lu trop de livres, genre Stephen King, Dean Koontz ou des conneries comme ça. Bon, c'est vrai, je le sais parce que je les lis aussi, mais faut bien s'occuper…

Et pendant ce temps la neige tombe toujours…

Jeudi 17 Août.

Il fait nuit, et je tourne en rond dans la maison. J'arrive pas à lire, j'arrive pas à dormir, alors je tourne en rond en radotant et en bougeant des trucs de place pour les y remettre après !

Je me sens énervé, sais pas pourquoi. Peut-être parce que c'est la pleine lune ! Elle est là dans le ciel, cachée derrière de lourds nuages qui ne laissent passer qu'une pâle lueur vacillante. Elle est là, comme un œil. Mais un œil vitreux affligé d'la pire des cataractes. Pour elle aussi ça commence à sentir le sapin on dirait…

Vendredi 18 Août.

Ca s'est produit dans la nuit. Le pont a fini par céder à la pression de la glace. Le béton a déclaré forfait, nous coupant définitivement du reste du monde. Aux dernières informations (les dernières puisque les câbles d'alimentation de l'île se sont retrouvés sectionnés lorsque le pont s'est écroulé), la tempête continue d'englober la surface de la Terre. L'U.R.S.S. (ou dieu seul sait comment cela s'appelle maintenant, depuis leur révolution) est totalement prise par l'orage et la Chine est menacée - des deux cotés en fait, puisque le front Ouest a fini de traverser les Etats-Unis et poursuit maintenant sa route vers le Pacifique.

L'orage descend maintenant vers l'Equateur aussi. Il pleut au Sahara, et Juliette (c'est comme ça que les scientifique l'ont appelée, vis-à-vis du jour de son apparition, même si dans un premier temps les féministes se sont élevées contre ça – elles n'ont que ça à faire…), Juliette, donc, n'en déplaise à ces enquiquineuses, suit le Mexique jusqu'au Venezuela. Quand au front froid, la France est plongée en plein hiver et l'Allemagne commence à être touchée. Seule la côte Est des Etats-Unis est gelée pour le moment.

Dimanche 20 Août.

Je n'allume plus la télé. Comme tout le monde, je cherche à économiser mes ressources. De toutes façons la seule chaîne qui diffuse encore ne parle que d'émeutes. Les routes sont coupées. L'eau gelée éclate les conduites dans les immeubles. On voit des gens se battre pour la nourriture comme des chiens affamés. On voit des gens morts de froid dans les rues qu'on laisse à même le sol, encore fixés au trottoir par le gel. Et le pire c'est qu'on n'y peut rien. Les autorités sont impuissantes face à ce froid qui paralyse tout, qui bloque tout. Alors je n'allume plus la télé, pour ne plus voir. Et la génératrice ne tournera pas indéfiniment.

Lundi 21 Août.

La neige recouvre tout maintenant, et m'empêche de sortir. Mes provisions sont presque épuisées et je me suis rendu compte que ma bouteille de gaz est vide. La perspective de manger des conserves froides ne me met pas à la fête, mais il faudra bien s'y faire. La gégène n'aura bientôt plus de quoi tourner. Ce qui me fait penser que la cuve de fioul ne va pas tarder à se vider, elle aussi. Il va falloir que j'aille vérifier.

Mardi 22 Août.

Voila une semaine que je n'ai vu personne. Bien sûr, on ne peut plus s'aventurer jusqu'ici, avec la neige qui arrive maintenant jusqu'à hauteur des fenêtres, mais je ne distingue plus aucun signe de vie. La tempête gêne ma vue, mais quand même. J'ai peur. Vraiment peur.

Lundi 28 Août.

Si cela fait longtemps que je n'ai pas écrit dans ce journal, c'est parce qu'il ne se passe rien. La neige continue de tomber. Les fenêtres sont complètement bouchées maintenant. J'ai peur qu'elles finissent par céder. Heureusement que ce sont des doubles vitrages. L'obscurité règne dans la maison. Surtout depuis que la batterie a rendu l'âme.

Je suis content d'avoir encore des bougies et un paquet de piles pour ma lampe de poche, ça me permet de lire et d'écrire - je ne fais plus que ça, à part dormir et manger. Cette obscurité dans laquelle je vis maintenant est peut-être pire que l'orage lui-même, elle ronge mon moral comme un acide et fait disparaître mes envies. Je n'ai plus envie de lire, je n'ai plus envie d'écrire (je me force pour ces quelques lignes qui sont peut-être les dernières…), je n'ai plus envie de rien, je n'ai même plus envie de vivre. Je passe beaucoup de temps à dormir - et comme on dit : « qui dort dîne » -, ça me permet de moins manger, c'est toujours ça de pris… Mais je ne sais pas pourquoi, je veux tenir le plus longtemps possible. Même si je ne sais pas trop ce que j'espère…

Vendredi 1er Septembre.

Je viens de finir ma dernière boite de conserve. De toute façon je n'ai plus la force de manger. Il fait si froid que les deux couvertures que j'ai sur moi ne suffisent plus. Ai-je déjà écrit que le chauffage ne marchait plus ? Aucune importance. Je crois que même une troisième couverture n'y suffirait plus, à la longue. Ma dernière bougie va bientôt se terminer (finalement elles auront duré plus longtemps que les piles), aussi je me dépêche d'écrire ces dernières lignes, en espérant que quelqu'un les lise un jour, ce qui voudra au moins dire que l'espèce humaine aura une fois de plus survécue à la furie des éléments. A moins que Dieu, dans son immense mansuétude, ne nous accorde le pardon. Mais permettez-moi d'en douter fortement.

Il fait noir depuis maintenant une semaine dans la maison. Le froid me paralyse, et je ne sens même plus la main avec laquelle j'écris. Je n'ai plus aucun espoir d'y survivre. Il me suffit de penser à toutes ses maisons enterrées sous la neige dans l'île, puis sur le continent, puis dans le monde…pour me sentir pris d'un vertige. Et je crois que je vais utiliser les dernières forces qu'il me reste pour faire ce que d'autres ont du faire avant moi.

Si mes souvenirs sont bons, la carabine (dont je me servais pour aller à la chasse aux lièvres avec les copains, même que la Veuve Félix nous traitait d'abominable tueurs chaque fois qu'elle nous voyait passer avec…), la carabine, donc, doit toujours être dans le garage, dans son étui de cuir. Il me reste une boite de cartouches aussi. Largement assez. Reste à espérer qu'elles ne seront pas trop humides. Si ces saloperies le sont, alors je reviendrai écrire quelques lignes en attendant la mort. Mais je préfère de loin ma première solution.

En espérant ne pas avoir à revenir écrire dans ces pages,

Richard Gilead.

18/04/1919 - 01/09/1995

Note de l'auteur: Cette nouvelle a été écrite à l'origine en Août 1995 (puis retravaillée en 2006), et sa conception n'a donc rien à voir avec les récents orages qui ont bouleversés certaines parties du globe (notamment le Tsunami en Indonésie et l'ouragan Katrina aux Etats-unis…) ; et il y a effectivement eu une dépression tropicale du nom de Juliette le 30 septembre 2001 !

Loin de me poser en prophète, je trouvais juste amusant de signaler ces faits !

Remerciements et dédicaces

Je dédie ce livre à ma grand-mère, qui a fait tout ce qu'elle pouvait pour moi, et plus encore.

Je remercie FU Hong, ma Juliette, pour son amour et son soutien dans tout ce que j'entreprend.

Un grand merci également à Jean-michel Pailherey, qui a créé le site stephenking999.com qui nous a permis de partager une passion et de nous rencontrer, ainsi que le site edition999.com, qui, lui, nous a permis de partager nos récits et de mener notre projet d'édition. Cette collection, dont le but est de vous faire découvrir de nouveaux auteurs, est également le fruit d'un travail acharné, dont le premier instigateur est Frédéric La Cancellera, qui lança l'idée de nous réunir pour faire un recueil de nouvelles fantastiques. Recueil qui, après tout un lot de pérégrinations et de démarches diverses s'est vu transformer en collection. Merci à toi, donc, Frédéric. Merci à Alexandre Barbe, pour ses précieux conseils. Un grand remerciement à Eve Stehlin pour son précieux travail de correction concernant ma grammaire déficitaire - et les trop nombreuses fautes d'inattention que je ne voyais même plus…

Et enfin, merci à vous, d'avoir bien voulu traverser avec moi les méandres de mon imagination. Au revoir !

A bientôt…